文集
诗

倾听回声

钟景峰
著

陕西新华出版传媒集团
陕西人民出版社

图书在版编目（CIP）数据

倾听回声 / 钟景峰著 . —西安 : 陕西人民出版社，2021.7
ISBN 978-7-224-14247-1

Ⅰ . ①倾… Ⅱ . ①钟… Ⅲ . ①诗集－中国－当代②散文集－中国－当代 Ⅳ .
① I217.2

中国版本图书馆 CIP 数据核字（2021）第 127471 号

责任编辑　韩　琳
装帧设计　白明娟

倾听回声

作　者	钟景峰
出版发行	陕西新华出版传媒集团　陕西人民出版社 （西安市北大街147号　邮编：710003）
印　刷	陕西金和印务有限公司
开　本	787毫米 × 1092毫米　1/16
印　张	22.25
字　数	150千字
版　次	2021年7月第 1 版
印　次	2021年7月第 1 次印刷
书　号	ISBN 978-7-224-14247-1
定　价	56.00元

如有印装质量问题，请与本社联系调换。电话：029-87205094

回音永远在耳边萦绕

郭兴文

诗坛荒芜已久，诗苑杂草丛生。一些所谓的诗人一次次的“爆红事件”，使缪斯女神桂冠上那一颗最耀目的明珠——诗歌文体，已被涂抹得污秽不堪。以至于现实中有时说到“诗人”，感觉就好像在侮辱人。尽管我对诗歌一直十分钟爱，三十多年前诗歌当红时期就出版过诗集《独持偏见》，省诗词学会成立时就虚列从不理事的常务理事以及市诗词学会顾问、名誉会长等职，可实际上，却是早已远离“诗坛”，如同远离是非之地。

所以，当钟景峰先生拿来这部《倾听回声》诗集时，我感到很惊讶：这年头还有人在写诗！当时因接到人民出版社通知，我参与的国家社科重点项目的一部学术著作将予以再版，要求我尽快修订，作为给建党百年献礼的作品，所以过春节大年初一都顾不上休息，忙于修订工作，这部诗集也就未顾上细看。有一天休息时，随意翻开品读了其中几首诗，没想到一读就放不下了。相识几十年自认为已很熟悉的钟景峰先生，突然在我的脑海中变得陌生起来。他不再只是那位形象潇洒、富有气质，待人谦诚、话语少而十分严谨的领导干部，原来他有一颗激情燃烧的赤子之心和自由喧嚣的诗魂，他把炽热的情感借诗这一文学形式喷发出来，应该说比很多“著名诗人”更像一位诗人。在他激情燃烧的诗行里，我不仅仅感觉到心弦的震颤与共鸣，而且看到了一片无边的浩瀚境界，一个真挚的诗魂！

钟景峰先生曾长期供职于市委大院组织部门，那地方我以前去过几次，真是一个严肃得楼道里掉一根针都能清晰地听到声音的地方。十多年前西安市地铁初创时，他又调到西安地铁公司担任领导，负责为古城修建地铁。地铁公司初创时招兵买马，工作千头万绪，他们临时租住的办公室里繁忙嘈杂得简直像一个农贸市场！很难想象在气氛严肃得让人感到压抑的市委组织部办公楼里能展开诗歌浪漫自由的翅膀；也很难想象喧嚣的“农贸市场”，能滋养出自由驰骋的诗魂。然而钟景峰先生在这两种环境中不但写诗，而且写出很多至情至性的好诗，让诗歌回归本原。

作为西安首届地铁人，修建地铁无疑成为他一生最为自豪的事。所以，他写了很多与地铁有关的诗，如他发表在《诗刊》上的《戴上安全帽》：“戴上安全帽 / 把浪漫的头发毅然拢起 / 安全帽铮亮鲜红 / 和朝霞晚霞一样的颜色 / 每天托日出日落 / 和躯体里血流一样的颜色 / 每只细胞 / 都是奋飞的旌旗——”给人们司空见惯的工地安全帽，赋予朝霞晚霞的颜色和“奋飞的旌旗”之意境，于是“西安地铁敦厚的大名 / 镌刻于安全帽正中 / 端端正正戴上它 / 就是以顶礼膜拜的形式 / 担当起城市的重托”。诗中喷涌而出的澎湃诗情给了我太多的思维新鲜感。超越世俗认知对安全帽“顶礼膜拜”，担起历史文化古都的“城市重托”，谱写出西安地铁人的时代强音！

他写地铁的设计师：“眼中的血丝 / 额头的褶痕 / 手上的纹理 / 还有不断脱落的发丝 / 都和线条有关 / 在历史与现代的高温里蒸缫了 / 重新整合构架 / 成为古都未来 / 地下四通八达的道

路 / 和每条道路日夜不息的奔流”。跳跃式思维和丰富的联想诗意地联结在一起。他写潜行于古都地下巨型神兽一样庞大的盾构机：“钢铁牙齿张合 / 谈笑间 / 混沌无边的黑暗 / 被咬得粉碎 / 一缕阳光照进 / 轰然裂变为 / 耀眼的时光隧道 ”，充满奇特的韵味， 充盈着语言的张力。 “朝向地心 / 复活成 / 呼啸的巨龙 / 强劲的心音 / 舞动了整座城市”。这种激情澎湃的艺术表达，拨动的岂止是读者的心弦，更引发了进入地铁时代的西安人的自豪感。他写盾构机从地下二十米深处穿越钟楼时，感觉 “十三朝辉煌已远 / 秦俑军阵的铁骑将升腾为 / 地下四通八达的电掣风驰” “盾构机穿过钟楼 / 它身上承负的 / 是整个城市 / 梦想的辉煌”。他笔下的地铁建设，穿越时空阻隔，穿透历史风烟。

他在《我们现在出发》中写道：“将凝固的时间 / 揉成碎末 / 豁开千古浑沌 / 倾听地心欢乐跳动 / 我们现在出发 / 在城市的脚下 / 铺展彩虹 / 让太阳车拉满惬意 / 像巨针轻快穿梭 / 把天空和大地 / 历史和现实 / 缀连成 / 厚重又亮丽的风景 / 我们现在 / 向地下出发 / 脚踩岩浆的热情 / 用钢铁肩膀的跑道 / 助推 / 古城的飞腾”。将古都地铁建设者的豪情化为黄钟大吕的时代强音。

这些诗意燃烧的时刻，是诗人生命中美丽的时刻，是古都地铁时代开创者得意的时刻！读钟景峰先生的诗总能感觉到激情的火苗在字里行间跳跃，炽热的情感波涛在心底奔流。我不仅欣赏他的诗，更敬重他的写作姿态。

钟景峰先生是西安地铁的建设者，所写关于地铁的诗作无疑是时代的回声；但是，单纯从文学角度，我更欣赏他诗集里的第二辑 《静听落雪的声音》和第三辑 《每一片叶子都渴望阳光》所收录的诗作。这些诗大都意境空灵、心境澄明、韵味悠长，诗味更浓。

以诗抒情，是个人渲泄情绪时的艺术创作，是诗人照亮自己心路旅程的灯盏。说得更通俗、更直白一些，写诗并不一定是为了给别人看，而是为了自己心中那一份真实情感，特别是难与人言的某种心境，甚至是说不清、道不明的心情与心结。这些会因遇到眼前景物与世俗万象的某一点而突然被触发。正如他发表于《星星诗刊》的那首《轮唱》所写：“一盏灯，摸不着夜的边际 / 一只鸟，看不透天的高低 / 利刃扼住了巨兽的脖颈 / 舞娘的歌声多么动听 / 一棵树，走不完时光的轨迹 / 一条鱼，说不清大海的秘密 / 木纹的茶碗里浸满风云 / 打坐的高僧在默诵经文 / 我的血管里火车在跑”。他以诗表达出某种复杂的情愫，可谓深谙诗情真谛。

他许多空灵、澄明、诗味浓郁的诗句从一颗心走进另一颗心，走进千千万万读者的心，形成心弦和谐的共震与共鸣。他写树叶：“一片张嘴的叶子 / 在静夜里 / 呼吸遍地月光”。他写耳朵：“这双耳朵是两片叶子 / 在心灵的树上 / 倾听知音”。他写高洁玉兰花：“满树的玉兰花就是为你而开 / 为你而开的玉兰花 / 枝头上挂的 / 都是你迷人的心事”。他写真情：“有你定居在心里 / 我就是揣着天堂 / 在世上行走”……

中国自古论诗就有诗缘情、诗言志之说。

诗缘情，是个人真挚情怀的艺术流露；诗言志，是融哲理于情思之中。他在《在沉默里栖息》一诗中写道：“在沉默里栖息 / 在心音里荡漾 / 在睡眠的黑暗里如星光照耀 / 在醒来又蔚为黎明 / 在思想的火焰里燃烧 / 在生命的激情里奔腾 / 执着于一念 / 守护心的纯净 / 犹如琴弦 / 不舍昼夜守护音符陪伴歌唱 / ……/ 从此梦境不再迷离惶惑 / 虽在凡尘 / 却一路皓朗月光”。在滚滚红尘里，有一种坚守便是沉默，以沉默“守护心的纯净”。

《视线》一诗写诗人“正直”的情怀：“总也不会拐弯 /

山或者高楼 / 或者任何屏障 / 都无情地将它推拒回去 / 一重又一重阴影 / 令人迷惑怅然……”在世俗之中，做一个“正直”的人是很难的。尽管视线可被遮拦，但心灵的视线是“阳光无法阻断 / 日也灿烂夜也灿烂 / 思绪无法阻断 / 走过风雨满怀期盼 / 空气无法阻断 / 头顶高扬奋进的风帆 / 于是 / 另一扇窗口便洞开 / 来去自由是心灵视线 / 看世间百态炎凉冷热 / 看台上粉墨台下权变 / 自守心中一方净土 / 哭也随心笑也坦然”。在以亿为单位计的金钱面前，他始终“自守心中一方净土”。从诗中可以感受到他那种“哭也随心笑也坦然”的高洁傲岸的精神世界。

钟先生的诗十分纯粹，他在通向缪斯花园的隐秘小径上自由地漫步，以诗歌艺术，滋养自己的精神世界。如他在《将生命每天都挽成强弓》里写道：“将生命每天都挽成强弓 / 一支又一支神箭 / 以力与美的姿态 / 射向行旅的靶心 / 信念与执着 / 牢牢地含紧在牙关之内 / 愈含愈是生长 / 在心的沃土里长成大树 / 遥远处 / 不是长河悲壮的落日 / 是晨光里的地平线 / 正在亮亮地闪烁”。这种不忘初心的诗句更似自勉自励的警言！特别要提的是他反用与化用了气象雄浑壮美的古诗的“不是长河悲壮的落日 / 是晨光里的地平线”这句，我从来不喜欢用政治语言和道德语言评论诗，在此只能说，真正理解并读懂这句诗，会让多少人感到汗颜！这无疑是诗情与思想碰撞的火花，诗句具象、意象、抽象高度融合，激情、诗情与理性哲思也高度融合。

艳丽的花朵终会凋谢，奔流的江河之水也有可能干涸，但心灵的激情、智慧火花却永远不会消失，信念之岸亦不会随意飘移。诗缘情，不是情感的简单流露，诗言志，也不是思想的直接宣示与灌输，而是以含蓄、凝练的文字，言在此而意在彼。这两辑中有很多诗，都是借景抒情，托物言志。这些诗作深得诗意之奥秘，给人以恍然一悟的开示。他有很多这类诗，在品读之后总觉意犹未尽，余韵回旋……

诗集中第四辑《融入血液的亲情与乡情》和第五辑《于无声处的古调新弹》则是更生活化的诗作。如果说，前两辑所选的诗反映了他的心路历程，凝聚着冷峻沉静的哲思；那么后两辑便是他生活的纪录，反映着他酸甜苦辣、喜怒哀乐的百味人生，充满了人间的烟火气息。

其实，不论是不是诗人，写不写诗，只要对生活有种执着的诗意追求，人生中就会充满诗意。这两辑所收录的充满田园气息的诗作，写乡村农妇，写四月黄昏的田野，写春锄、春耕，写夏收时金色的麦浪，写吃家常饭，写父老乡亲，也写自己圣洁的母亲，无不盈溢着泥土的芳香。比如他写的清明祭母诗："母亲 / 那稍燃即逝的火光 / 在我心里 / 每一缕都灼痛思念 / 我不是怕灼痛 / 我怕飘飞不定的纸灰 / 惊扰了你的梦园 / 你就那样安详地睡吧 / 我的心志是你所赐 / 用一生做个大写的人 / 你定会含笑九泉"。这岂止是对母亲痛彻心扉的悼念，更是面对母亲仙魂所做的庄严宣誓和泣血承诺：用自己的一生做一个大写的人！让母亲放心地含笑九泉。诗人在这些诗中注满浓浓的乡情、亲情，以及某些伤感的情怀。凡是农家出身的孩子，一读到这些优美并有些忧郁伤感的诗句，便会触动内心深处最柔软的情愫，勾起无限的"乡愁"。

不同于前面的自由诗，第五辑《于无声处的古调新弹》是依照传统律诗绝句模式所写的"古调新弹"，虽不讲究平仄却很重视诗意与古意，字字推敲，短小精致。在这里需要说明我的一个观点，尽管我也是格律诗的爱好者，曾受名师指点写过一些获过奖的格律诗，但我一贯主张现代人写诗应以意为先，格律次之，亦可弃之。从音韵学发展变化方面讲，古代的"平上去入"四声已发展到如今普通话的"平分阴阳，入派三声"，因而强求古代韵书的格律是削足适履、刻舟求剑！所以，我主张可以依照传统模式“古调新弹”。

钟先生的“古调新弹”决非一般“老干体”顺口溜，而是合乎从欧阳修到明清时代袁宏道、袁枚等人诗话所论的“诗以意为先”“独抒性灵，不拘格套”的诗论观点。他的《清明访南宫山遇雨》写道：“花娇正得清明雨，山深寒来思暖茶。轻敲寺门听禅意，终守一念心为家。”二十八字写的什么意思因“诗无达诂”，我也未能完全弄懂，但我感觉其不但“气韵清高深渺”而且真的有几分禅意！他登上九嵕山所写咏史之句：“东望昭陵嘶战马，西吊武帝想盛唐”，倒也很符合“格力雅健雄豪”之说。他写初秋山中行，我读到“但闻雁声穿云过，更有飞瀑碎玉烟”十四字自然景色描绘时不由得拍案叫绝，不知如何捧场，便想起了一句元好问诗论“一语天然万古新，豪华落尽见真淳”，不知过否？读到他《无题》：“昨夜高楼望月近，今宵云重愁时长。满屏桃花怜无限，便抱心香入梦乡。”又另是一番独抒性灵、柔情婉约，令人读起来口角含香的佳作。

对这辑“古调新弹”诗作，我的一个总体印象可借用袁枚一首谒岳王墓的诗论来总结：“不依古法但横行，自有云雷绕膝生。我论文章公论战，千秋一样斗心兵。”钟景峰先生这些小诗确系不依古法、却是风雷绕膝的斗心兵之作。这些诗，涉及的内容很宽泛，都是人生旅程中诗意的花朵。把这些诗意的花朵记录下来就是诗，甚至可以成为传世名篇；如果当时没写放过了，待诗情激情烟消云散后什么都不会留下。正如清代张问陶所言：“跃跃诗情在眼前，聚如风雨散如烟。敢问常语谈何易，百练工纯始自然。”

“花开满山秦人笑，雄风劲处皆脊梁”。钟景峰先生有诗化的灵魂、诗化的人格、诗化的气质，活得通透、清醒，对生活百态都有一种独特的诗化诠释，能直戳人的心灵深处。他不是一个在文坛上混饭吃的人，也不为追逐名利，他是一位真正爱诗写诗的人，对诗有一片痴迷不改的情怀，心灵深处一直拥有一块诗的芳草地。

他在忙碌的工作之余不断地写诗、也发表了相当数量的诗作。他把诗歌和文字融入生活，使心灵得到滋润、熏陶，变得更为清澈、宁静；他在生活的激流中撷取诗情的浪花，站在一种精神的高度，感悟花开花落、欣赏月圆月缺；他是一位心灵纯净、精神世界丰富的人，真正体验了诗意人生！

我理解了钟景峰先生为什么在这个诗歌极不景气、令人沮丧的时期，却要结集出版这部《倾听回声》诗集，因为它是自己心灵的回声。诗人的痴情也许不会感动流逝的岁月，但流逝的岁月也冲刷不走诗人以心血写就的诗稿。诗人在自己心灵的芳草地，回望曾经“绽放心花朵朵、百合幽静牡丹华贵玫瑰火热，每一刻都那样充实、那样甜蜜！”

（郭兴文：西安日报社高级编辑，西安市作家协会副主席。曾获中国第六届韬奋新闻奖、中国第九届山花学术著作奖、中国第六届全国高等院校科研成果一等奖。）

目 录

第一编·诗歌 / 第一辑 开往春天的地铁

第二辑
静听落雪的声音

第三辑
每一片叶子都渴望阳光

第四辑

融入血液的亲情与乡情

第五辑
于无声处的古调新弹

第二编·散文

第一编

诗歌

第一辑

开往春天的地铁

戴上安全帽

戴上安全帽
把浪漫的头发毅然拢起

安全帽铮亮鲜红
和朝霞晚霞一样的颜色
每天托日出日落
和躯体里血流一样的颜色
每只细胞
都是奋飞的旌旗

西安地铁敦厚的大名
镌刻于安全帽正中
端端正正戴上它
就是以顶礼膜拜的形式
担当起城市的重托

（发表于 2009 年 8 月《诗刊》）

我们现在出发

从秦俑军阵
走向太阳的地方
我们以长安的名义
向地下出发

钻探机睁大眼睛
在历史的缝隙中
寻找行进的路径
盾构机刀盘的巨手
将凝固的时间
揉成碎末
豁开千古浑沌
倾听地心欢乐跳动

我们现在出发
在城市的脚下
铺展彩虹
让太阳车拉满惬意
像巨针轻快穿梭
把天空和大地
历史和现实
缀连成

厚重又亮丽的风景

我们现在
向地下出发
脚踩岩浆的热情
用钢铁肩膀的跑道
助推
古城的飞腾

（发表于 2021 年 8 月 7 日《西安晚报》）

地铁纪年

二十年前
二环让西安眼光
突破了铁打的皇城
站上钟楼金顶
便可环视九州
一粒种子也就此落下
大名叫地铁

十年前
盾构笛声激越
催醒帝都后土
缊紫气于秦岭渭河
湿陷性黄土的梗阻
也挡不住幼树猛长
邀太阳为它标注
小名二号线

五年前
龙首塬昂然抬头
塬下潜龙

盘旋过三十里城墙
以最大仰角起飞
看齐世界高处
地上地下的日夜穿越
诞生响亮域名
翔龙平台

一年前
地上追赶超越
地下铁流滚滚
创新担当的翅羽
让大西安强劲飞翔
地铁　过去是好大一棵树
将来是丰润的森林
躬黼着身子
高颂万方通衢

（发表于 2017 年 11 月 27 日《西安晚报》）

拓荒者

漫长的拓荒
从两个半人到一群人
扛着古城的大名
四处奔波精耕细作

高清分辨的眼睛
穿透日光和灯光的
嘈杂交织
从渐冻如山的文表中
遴选出一串串
血肉丰满的数字
代表一座城
大声陈述

头脑和脚板
用加减乘除扩张日子
抽丝剥茧的街巷
车行人行的隐私
悉数解码重构

千万人的期待
成为一个个带着体温
被快速推进的节点
为庞大规划
做了最好的注脚

论证决策时
有人惊奇地问
线网图怎么都挂在
一张张脸上

（发表于 2017 年 11 月 27 日《西安晚报》）

设计师

规划图　线路图　施工图
从指尖与键盘的敲击中流出
指尖是大脑和心脏的巧妙延伸
热血为墨
喷绘城市流动的雕塑

眼中的血丝
额头的褶痕
手上的纹理
还有不断脱落的发丝
都和线条有关
在历史与现代的高温里蒸缫了
重新整合构架
成为古都未来
地下四通八达的道路
和每条道路日夜不息的奔流

（发表于 2015 年 7 月 6 日《西安晚报》）

盾构机

潜行于龙脉之下
让神话
永远定格于远古

钢铁牙齿张合
谈笑间
混沌无边的黑暗
被咬得粉碎
一缕阳光照进
轰然裂变为
耀眼的时光隧道
嚼不烂的硬核
是一页页历史
任川流不息的目光
每天阅读

朝向地心
复活成
呼啸的巨龙
强劲的心音
舞动了整座城市

（发表于 2015 年 7 月 6 日《西安晚报》）

盾构机经过钟楼

时针正指向零点
二十米地下深处
旋转的刀头
把沉睡的历史摇醒
把时光切塑成
八百万人翘首期待的模样

在零点的界碑上
昨天和明天交汇
汽笛长鸣的声音
沿古壤和水系脉络的足迹
浸润上升
通过钟楼轻叩城市耳膜
报告今夜平安
十三朝辉煌已远
秦俑军阵的铁骑将升腾为
地下四通八达的电掣风驰

钟楼地下深处
盾构机正在经过

在驾驶室控制台上
我看见良好的掘进姿态
激光眼把混沌的地层
变为端端正正的通途
一路向南　向南
身后漂亮的隧道
回环起来
成为地下永远灿烂的虹

盾构机穿过钟楼
它身上承负的
是整个城市
梦想的辉煌

（发表于 2009 年 11 月 3 日《西安晚报》）

地铁二号线

赢政军阵武媚帝陵
加上其他王家的接踵穿越
一条看不见的巨型铰镣
就把长安后土锁死了千年
有风吹过
也是难耐的滞重燥热

时光 2011 年 9 月 16 日
在长安
潜龙首驰于龙脉之上
终南到渭水强劲的活塞风
撞开了沉沉樊篱
锈迹斑斑的铰镣
在盾构的轰鸣镐头的火星中
重新腐化为泥土

黑暗与光明
历史与今天
终于可以大呼大吸
各种文明同台发声

融合成擎天能量
在每个地域每处角落
天天爆燃激情

画外独白——
畅通龙脉一条线
长安巨枰上
满盘都是好棋

（2017 年 9 月 9 日）

神 龙

时在仲秋
龙首塬上
天铺七彩云锦
地呈九道虹门
震天动地的长吟
冲出厚重封土
龙脉之上
神龙壮丽飞跃
惊破红尘
旌旗舞欢万众
我只有涌泪
感慨盈心

秦时明月汉时关
盛唐万国朝贺
一路雄风
都在精绘其身
唯今日
古城盛世
历练数十载

点睛终成真
看神龙
首瞻渭水
尾动终南
金秋和风爽
气动遏行云
华彩潜行日千里
欢歌笑语长安人
腾飞创伟业
追梦耀乾坤

（发表于 2017 年第 2 期《终南山》）

风从龙首塬走过

风从龙首塬走过
捡不到一片
烽烟与落叶

硬硬朗朗的名字
携终南奇峻渭水精灵
扛一座长安行走千年
步履稳健气若长虹

如今塬没了
龙已复活
在龙脉之上日夜飞腾
莲花与祥云从钟楼开始
铺向四面八方

名字古朴依旧
成为车站的灵魂
播音女子的龙不离口
让南来北往每一个行人
心归长安

（发表于 2017 年 12 月 13 日《西安晚报》）

洒金桥记忆

在一号线
在莲湖回坊
洒金桥是座车站
谁走过默念
都会
口绽莲花眼望辉煌
桥是金鳞飞架
水是人流淙淙
穆斯林街道
铺满了
吆喝四起的阳光

追溯烽烟尽头
元宋铁炉街
明清铁炉坊
锻打的火星散花般
在风箱声里跳跃
将满口乡俗的沙家桥
装扮得羽霓云裳
而如今

地铁的日夜穿行
让莲湖路血脉
盛满吉祥

站上洒金桥
庄严致敬
洒金人灵魂的雕像

（2017年9月28日凌晨）

注：2009年8月2日，洒金桥地铁站施工中发生塌方，两位建设者殉职，找到他们时，依然是挺立的形象。

在暗挖区间

这里有地裂缝
这里是暗挖区间

安顿好地震损毁的家园
和受惊的妻小
回来的民工兄弟
又一锹一锹接通城市的龙脉
抹一把滚落又涌出的汗珠
滋润刚刚衬砌的隧道
如在家乡的田垄里
滋润庄稼

家住深山
没坐过城里地铁
蹲靠在掌子面上小歇
深吸轻吐的烟雾
多像火车出山时的欢鸣
将来坐亲手修建的地铁

和坐深山隧道里的火车
一个样吧

太阳照不进地下深处
心里揣个太阳
自己照亮自己

（发表于 2009 年 11 月 10 日《西安晚报》）

远郊地铁

远郊地铁站前
一群坐着马扎的老人
低一声高一声聊天
晨光照在他们脸上
深深浅浅的皱折里
盛满新鲜与欢乐

九时整 客流高峰期过
他们自豪地出示老年证
免票上车
没有座位的
就打开折叠的马扎
一股土地和庄稼的醇香
立时在车厢里弥漫

沿线地铁站又出又进
逛了新城广场
逛了钟鼓楼
逛了大商场
午间高峰来临

他们满载而归示证出站
腋下夹着马扎
篮子里盛满时令蔬菜
和干鲜水果
正午和煦的阳光
把掩饰不住的得意
照得亮亮堂堂

难得进城的老人们
像去邻家串门
隔三岔五就相邀了逛一回
走乡进城
不过说笑着跨一道
多彩的门槛

（2014 年 2 月 26 日）

大众情人

这个城市
没有人不对你如此心仪
上班族 商人 打工者
都可以在早晨最贪睡的时节
把美梦做完
然后准点投入你的怀抱
想象今天第一件事
该怎样开头

你总是脉脉含情
晨昏躬身迎候
哭或者笑
华丽或者简朴
趾高气扬或者谦恭卑微
都是城市可爱的子民
走进你就走进
舒适的立体交流
快与慢融汇
雅与俗并生

传统与时尚辉映
一列往返就是一圈
激情涌动的涟漪
让城市的大海
风帆高扬花团锦簇

爱你
城市有多长久
心就有多长久

（发表于 2017 年第 2 期《终南山》）

阅读时光

灯亮窗明座净
几杯茶的功夫
就可换一段
美丽的阅读时光

必需的早课晚课
或者一段即兴插曲
坐立随遇而安
拥挤时如校园大课
无意的肢体触碰
面面相向气息可闻
但绝对绅士
关键词是微笑

几十米地下
历史编纂的大书
不需 360 度 VR
只要打开心脑屏幕
千载江山社稷
喜爱的故事人物

任点那一页
都会击节感动

如时尚的朗读亭
来者不拒
尽享悦读时光
一次是单本
常来就是连播

（发表于 2017 年 12 月 13 日《西安晚报》）

紫霞不哭

地铁员工的歌
像不慎打翻的杯水
在朋友圈恣意流淌
擦去这处
又浸湿别处

熬夜充血的眼睛
检修磨脱皮的手
掩饰不住的疲倦
还有追光灯一样
父母妻儿牵挂的心
列着队忍看
各种复杂的表情

因为朝霞含紫
紫气氤氲
就该扔掉抹泪的纸巾
手牵手肩并肩
和阳光一起行走
芳草地上

正架起十里虹门

歌声又起
青春壮行的旋律
在列车不息的驰骋中
猎猎飞扬

紫霞不哭
昂首向前
地铁依然开往春天……

（发表于 2020 年 5 月 5 日《三秦都市报 · 秦闻》）

母 亲

一道门
隔开了母亲和儿子

儿子正驾驶这列车
在古城穿行
母亲从座位上站起来
爬在门上
想看看儿子开车的模样
她是儿子接来
第一次坐地铁

这么密实的门
咋也扒不出条缝
不像家里的木门
吱呀一声就能打开
关着也能从缝儿里
看到大山和蓝天

儿子正拉着她逛城
她看不见城的脸

也看不见儿子的脸
她想
这是在城心里走呢

她是坐老伴儿电三轮出山的
风声呼呼跟飞一样
儿子悄没声息的
在城心里开车
爷儿俩
谁跑得快

（发表于 2020 年 5 月 5 日《三秦都市报·秦闻》）

地铁车厢里

犹如固执的颈托
给眼睛一个点
一个直视的方向
拥狭的空间里
无法拐弯

于是双目合十
祈祷某种难缠的心事
或者想象平湖月色青山雾岚

现在就好比是坐佛
和所有人事无关
念珠在心里
一颗一颗细数

（发表于2016年5月29日《三秦都市报》）

大 名

一半是地心黄土
一半是石中钢铁

亘古混沌的地幔醒了
一条条隧道走出黑暗
披上了五彩霞光
就有了你响当当的大名
地铁 地铁
唤你的声音多么嘹亮
是春秋 是日月

人如蚁挤的城市笑了
一辆辆列车就像母亲
把所有儿女揽在怀中
迎送晨昏

（发表于 2021 年 8 月 7 日《西安晚报》）

巡线工

在子夜与黎明之间
漫长的隧道里
巡线工手灯闪耀
徒步慢行

工锤如啄木鸟
叮当叩问钢轨病否
满天星星被振落后
才有空
打一个长长的呵欠

他枕着霞光去睡觉了
早班车欢快的笛鸣
多像他沉沉的鼾声

（发表于 2021 年 8 月 7 日《西安晚报》）

安全帽与花朵

看不完数不尽的安全帽
白色黄色蓝色红色
一种颜色是一片花瓣
簇在一起就是美丽的花朵

遁构机上的花朵
暗挖区间的花朵
脚手架上的花朵
巡线路上的花朵
地上地下白天黑夜
运行线路在建工地
处处鲜花盛开

每片花瓣
花心就在火热的胸膛
每朵鲜花
都是心心相映的太阳

（2020 年 11 月 27 日）

第二辑

静听落雪的声音

在国际航班上

从草木之地
倏尔中就站上了云端
云海的浪花里
我是俗世的飘萍
脚下的根
被风吹断
心里的根
深扎你心里
再高再远的别处
便都是我的桑梓
头发的叶片
脸庞的花瓣
在你的浸润里
翠绿了灿烂了
眼睛的蕊中
一串泪
好烫

（发表于 2008 年 11 月《星星诗刊》）

这个瞬间

这个瞬间
像太阳的手
推开了
久已落寞的柴门

等待是那口深井
岁月的涟漪
早坐化成青苔
日夜倾听经轮的回音

墙头喇叭花开了
神秘的语言
攥牢在你手里
展开时
竟是一生的惊喜

（发表于 2010 年 10 月《星星诗刊》）

一片张嘴的叶子

一片张嘴的叶子
在静夜里
呼吸遍地月光

朦胧的鸟巢
是摇篮
安抚疲倦的飞翔

屋脊连着屋脊
从树下穿过
去守护那扇微闭的窗

梦是玉兰上的露珠
哼着小曲
和眼睛一样明亮

哦，黎明的邮差到了
它湿润的戳子
印在我脸上

（发表于 2007 年 10 月《星星诗刊》）

失　眠

白天已被折叠起来
装进了衣兜
夜的锣鼓早就收场
我却无法谢幕

潮水汹涌
岸边丰茂的草被淹没了
又露出头
一群小鱼
正轻吻它的踝骨

伸出双手
像冬天虬曲枯立的白杨
绿叶都流放去了南方
唯一能抓住北风的疾呼

五彩羽毛从眼睛飘曳而起
没有人看清它的颜色
月光的梯子就架在窗沿
爬上去就不会孤独

什么地方有嘀嗒之声
是蝙蝠在流泪
披衣而起
开始修坏了的龙头

（发表于 2007 年 8 月《星星诗刊》）

轮 唱

一盏灯，摸不着夜的边际
一只鸟，看不透天的高低

利刃扼住了巨兽的脖颈
舞娘的歌声多么动听

一棵树，走不完时光的轨迹
一条鱼，说不清大海的秘密

木纹的茶碗里浸满风云
打坐的高僧在默诵经文

我的血管里火车在跑
跑啊，轮子不会滑掉
你的眼睛里欲望在跳
跳啊，不怕末日来到

（发表于 2010 年 10 月《星星诗刊》）

状　态

一

那朵睡莲
总是在深夜
静静绽放
月亮的火柴点亮了
千万盏露珠的宫灯
微风起处
氤氲的暗香凌波独舞
多情的蝴蝶正在为
下一场预定的演出
精心化妆
此刻　满天星星
是最忠实的观众

二

暗长的廊道尽头
春光乍照
晃盲了眼睛
而寻找的声音
早已爬过泛绿的山坡
一声鞭响

所有的事物
都像牛羊般快乐涌动
山歌唱疯了河边
所有的水草和石头
分明听到了
血流燃烧的快乐

三
泪水暗涌
它不知道自己
究竟有多痛
几十年光阴提炼的主题
眼看着褪色成
屋檐下陈年的鸟巢
或者立冬之后
落花又落叶的孤树
日月无言
回首
天籁之音响起
许你一世光芒
我便逐日点亮

（发表于 2016 年 11 月 26 日《西安晚报 · 诗简》）

心像之门

一

在血气里浸淫久了
就一直拒绝黑色
喜欢星月的奏鸣
也必须有一幅
带光的幕布
从不想为了长久
而选择朦胧
选择黑色素在颜面
大面积沉积

二

眼睛黑的部分
是用来看人看世
是自己看不见的颜色
不会因为消退
污损河流
绿树或者蓝天
就当是一颗坚韧的痣
紧盯住时空
始终为存在作证
只用心
审视自己

三

日子如流水
但不是鱼蛙开光的流水
浅薄的诵经声
早淹没于荒郊野渡
装订起来的大书
不许蘸唇翻页
焚香净手横吟竖念
谁解得勇武经年
而永不困倦的时间
正向讲台走来

四

在我出发的时候
你也出发
虽然从不同的来处
却聚首相同的地方
或者你早几分
小憩的微笑
成为我迷茫中的路标
或者我早几分
成为速生的树
给你酷热里的清凉
或者正好同步
目光轻握
便是终生的时光

五

一棵树何以笔直

或何以弯弯曲曲
像大大小小站着的路
要去问风
老祖曾说过
地震让茂密的树梢
把屋脊和地面
拍打得山响
也没能改变它
向上的天性
而风
仅仅是游荡的过客
至于电闪雷鸣
只是偶行黑夜的强盗
连蘸了硝头的火柴
都不如

六
树站在这里
不是它的选择
是鸟和风
和陌生的手臂
鸟迁徙了
风出家了
陌生的手臂躺在地上
成了走不远的
断头路
而树华冠巍然
不加道袍
也是经世的高人

（发表于 2020 年 11 月 28 日《西安晚报》）

这双耳朵

这双耳朵
只能听一种声音

把字符
还原成月色
把音节
发酵为春水
至于世间万籁
过一下浅浅的耳道
就了然无痕

这双耳朵是两片叶子
在心灵的树上
倾听知音

（2009 年 8 月 19 日）

雪 夜

没有星月
雪光
漂白了夜
堤上的杨树
是一排未点的蜡烛
小河的水
在冰下呜咽

路弯弯的
像一首难懂的诗
他们用心读着
身后的脚印
是留下的注解
该分手了
相约谁也不要回头
调皮的风儿
已把秘密偷窃

要拿，就拿去吧
只要记着——
它属于春的田野

（发表于 1983 年 8 月《长安》）

玉兰花开

玉兰花儿开了
浮动的暗香醉你
枝条疏斜
颤动着举一树洁白
在三月里浪漫
没有绿叶扶托．
绿叶躲在花之后
酣然梦深
一团鹅黄的朦胧
乍寒乍暖

满树满目的洁白哟
可是最后的雪花
了不断尘缘
悄然飘挂枝头
顾盼流浪的季节
可是灵魂的旌幡
穿过漫漫长夜
用只只圣洁的玉杯
盛满苦恋

或许开放得太早
馨香袭人
却不见蜂蝶且歌且舞
冷凄凄守望孤独
或许生得太洁
春就花花绿绿的来了
却难入流俗
擎起的天空一片淡然

其实，何须费这多思量
煦阳抚照时
轻风横吹细雨斜洒时
去站在树下
满树的玉兰花就是为你而开
为你而开的玉兰花
枝头上挂的
都是你迷人的心事

（发表于 2006 年 3 月 15 日《西安晚报》）

红灯笼

红灯笼
在八月里
挂上新屋的檐头
挑灯的长竿
可是少年时栽植的
那管青竹

八月
是泪水盈溢的季节
缱绻怡然的云
图腾心的形状
不管有风无风
激情处
幻化成剔透珠玑
将上苍的润泽
痴痴地洒向
执着的秋

执着博大的秋光里

长天蔚蓝
新屋朗朗
热烈的红灯笼
用心泪平静的燃烧
预示某种彻悟

燕子飞来了
绕梁呢喃
东窗诗书西窗烛影
苍茫时空
摇曳永远的红烛

（发表于 2002 年 5 月 20 日《西安晚报》）

揣着天堂在世上行走

多少年
终于叫开了天堂之门

辉煌进入
快速提升的眩晕之后
满眼温润祥和
四周音箱里
水流声鸟鸣声
柔软的风声
以及心脏鲜活的律动声
氤氲而出
尘世的杂念
都扔进门外的废物箱里
只带着纯净的灵魂和肉体
来接受洗礼
肌肤的每个空隙
都自深处孕化出天使
一群快乐的使者

回首来路

所有的坎坷和苦难
已随风而逝
真正的幸福
只发生在断续的瞬间
如灿烂的花期之间
总有漫长等待的时光
但它感受的光辉
却连成一片照耀终生

从此不再怕长夜和长路
有你定居在心里
我就是揣着天堂
在世上行走

（发表于2005年10月26日《西安晚报》）

歌　者

不站在你身边
如果这样的靠近
心里会生出惶惑
此刻
凝注比感觉更真实

走至门口再回身开始
先让肢体成为舒展美丽的定格
然后从发颤的低音处张口
双臂被激情鼓舞成翅膀
脚步是旋律的节奏
滑动或跨越
你的周围缭绕神秘的雾岚
头顶盛开月亮花
我心飞翔
越千山万水于一瞬
翩翩你的左右

是否如你梦中的蝶舞
激昂的高音爆发

点燃了
血管里所有的烽火
将疼痛和快乐熔化成
汹涌不息的河流
浪花起落之处
有天使在大声欢笑

我是歌者
渺小的肉身
承载永远神圣的舞台
时空内外回声响彻
倾听的耳朵多么年轻
在涌泪的凝注里永不谢幕

（发表于 2005 年 10 月 7 日《西安晚报》）

相　守

没有果实
鲜花是一种相守
没有鲜花
绿叶是一种相守
没有绿叶
枝杆是一种相守
没有枝杆
根脉是一种相守
没有根脉
土地是一种相守
没有土地
灵魂是一种相守
即使注定走不进天堂
一生用相守为你祝福
倘若来世有人惊叹
是谁把心坐化成石头
那就轻轻去拍拍它吧

仍有血泣
仍有泪流
那片痴迷不改的情怀
是地老天荒永恒的相守

（发表于 2000 年 4 月 20 日《西安日报》）

月亮树

儿时的夏夜
躺在院中的蒲席上看你
杨树参连的枝叶
时藏时露你皎美的颜容
那玉兔那香桂那吴刚
斧斫的叮当
让一颗童心幻化成
小桥下悠悠流水
灵魂的波光粼粼
在蝉声中入梦

梦境已远时光已远
凝注中你翩然君临
站成一棵婆娑的月亮树
通明的主干烛照我的昏暗
颤动的枝条唤醒我的沉默
每片叶子都是温柔的纤手
抚过岁月苦难的折痕

魂牵梦绕的月亮树啊

每当向你张开喜悦的手臂
晶莹的泪水就恣意横流
濡湿久已龟裂的土地
太多的过客行色匆匆
我不是过客
把所有潮湿的心事
全都挂上你的枝头
晾制成忧伤美丽的标签
封驻悠悠而逝的年轮

多么渴望果满枝头
可人说
月亮树不结果子
我说不结果子树就是果子
让渴望发酵成三月夜雨
静悄悄洒向每只叶片
再沿着太阳的足迹
走向你生命的深处

（发表于 2001 年 10 月 8 日《西安晚报》）

听雨

从至高无上的天宇来
带着执着和眷恋
缠绵日夜
流动冷静
流动温柔
流动生生不息
燃烧的激情
将我缄默的心
连同铮铮之骨
敲打得山响

鲜花静静开放
满天之星
簇拥着百合幽兰
是谁纤素的手
把这王冠
高举过头顶
雨露洒过的地方
到处滋长生动

无尽的宣泄之中
有人啜饮孤独
一种黑色的情绪
恣意弥漫
如潮
如枝头兀自守望的
那片黄叶
寻找归宿的净土
雨无眠我亦无眠
看盈盈秋水
怎样感觉疼痛

多想振臂而呼
让声音的箭镞
穿透重重寂寞
也让淋漓的天意
洗尽凡俗
而此刻只有倾听
听黑暗淡去雨雾淡去
听心与铮铮之骨

快乐地奏鸣
柳叶上春意浓了
田野里歌声唱响
红灯笼灼灼的烛光
把潮湿的心和眼睛
同时点亮

（发表于 2003 年 10 月 29 日《西安晚报》）

在炽热的诗行里

在炽热的诗行里
我的灵魂赤裸着
以缪斯的名义
把爱 呈现给你

曾经 我的心
是把锈蚀的锁
钥匙早已丢失
从不奢望着谁来开启
自从生活中有了你
才发现 尘封的心
其实是在等待
苦苦等待我的唯一

我知道 我不是浪花
不会借风势水势
炫耀着铺天盖地
我是岸
是忠实而沉默的相守
用温暖的胸膛

时刻等待着你
停靠和歇息

当然我渴望
我们耕耘着的土地上
绽放心花朵朵
百合幽静牡丹华贵玫瑰火热
每一刻都那样充实
那样甜蜜

也许你并不如我所想
有一天会走出这缠绕的视线
为自己所愿毅然舍弃
即使这样我也绝不改变
船可以离去
水可以干涸
有谁听说
岸能够随意飘移

（发表于 2000 年 5 月 30 日《西安晚报》）

黑夜的巨兽

黑夜的巨兽
嘴唇噏合的瞬间
就囫囵着将我吞入
外面的光亮嘶着声呼喊
却无法够着它伸来的手指
一路下沉　下沉
脊背刚感到尖硬的触痛
腥味的水草已扑面而来
那么多人和事
纷繁缭绕相互挤压的场景
痛苦和快乐
从每根头发里飘摇而出
水面上的波动和漩涡
谁能解读它的密码
只有永不褪色的时间
耐心等着我开口说话

（2005 年 8 月 7 日）

时间差

是谁
打了个漂亮的时间差

排球国手一记猛扣
红红绿绿的爆竹
顿为飘扬纷纷的纸屑
却有人无声向隅

太阳于是不再发光
月亮与星星相挽着
走进窄长窄长的胡同
红烛与红叶
同时开始燃烧

匆匆的路人并不停留
轰轰隆隆相对而跑
撞时
见混混之世划一道电光
原始的仙气
自罅隙飘遁而去

时间正推一盘沉重的石磨
磨眼和磨道在诉说什么?
何须问呢
若化了琥珀越历千年万年
有人掘出
乃是一颗滴血的心形

（1986年11月25日）

凌晨四点

总是在这个时候
床就撕去柔软的伪装
从身下压上来
生硬如铁
我背不动它

依枕而坐
背顷刻失重
床默然无语
只能侧耳倾听
黎明遥远的足音

脚板没有走累
脊梁没有挺累
床和背却势同水火
站不如坐坐不如躺
躺着
竟是另一种修炼

（2006年3月21日）

期　望

金笼里
放飞了一只又一只信鸽
哨音远去
不敢附耳去听
另一端的声音

十指如燕
键盘敲绿了
溪水和山坡
花儿成群结队绽放
那香，怎么也走不出
一堵薄薄的隔墙

街边的邮筒
日夜踮脚守望
通行天下的脸庞上
总是无雨无风

（2006 年 3 月 23 日）

等 待

窗口
正对着一条小路
落英如雨
不见你的踪迹
只有风的纤手伸进来
让小屋热热凉凉

思念之烟袅袅
我是入定的高僧
信守于是蓬勃成树
挂满酸酸甜甜的果实
等待是另一种语言
既然付出
就不再收回

（1992年1月）

声　音

在耳畔
轻撒一粒种子
血液的河流肌肉的土地
转眼就草木丰腴
一架天平
无法称出生长的重量

有光就有热
满天的朗月
却怎么也晾不干
心的潮湿
透明的耳朵
静听潮汐的涌动

雨脚绵密
在素净的伞面
尽情敲打
春日的晨昏
谁又把它转成了莲花
蕊中盛满甘露

不怕九曲十八弯
和崇山高楼
漫漫时空
总能最快抵达
生命也就是那一瞬
尽情燃烧的声音

（2006 年 3 月 21 日）

望　月

伫立都市之夜
望月

无斗酒狂醉
举起了玉杯
也难邀对饮
便只仰头
让静静的流水
濡湿干渴
楼群的影子
游弋于万点灯火
迷失的夜
筛不进月光
田头池畔
蛙鼓撞乱了柳丝
往昔全在梦中

今夜月明
扶楼顶轻风而望
身在都市的影里
心在朗月的怀中

（发表于 1997 年 11 月 21 日《西安晚报》）

面对太阳

面对太阳缄默无语
金色的芒线
一缕又一缕
穿过眼睛的针孔
向全身辐射
叮咚的心
终于平静地定格
封存魂绕的往事

那人迹罕至的两岸
匆匆地草长莺飞
脚步在背后响起
如轻轻拍岸的水波
蓦然回首
花萼溢香不见伊人

再次面对太阳
亦然无语
一根芒线就是一架梯子
静静等着
有人援梯而来

（发表于 1994 年 12 月 6 日《西安晚报》）

读一双眼睛

湖里涨潮
水再涨
淹不过鸭子背
戏水的鸭子
惬意于潜浮之间

湖里结冰
冰再厚
冻不死鱼儿的梦
畅想的鱼儿
欢心于春水波澜

读一双眼睛
读得深了
便深成两汪
亦涨亦冻的湖
自然 我
不是鸭子也不是鱼儿
只是独立湖上的风景
一半在岸上
一半在水里

（发表于 1994 年 4 月 2 日《西安工人报》）

梦醒时分

梦里
是自由的鱼儿
深深浅浅
都在你辽阔的水域
三更梦醒
遥听天籁无声
只有心音如鼓

时光倒流
季节迷乱
纷纷扬扬的世事
爬满眉头心头
烟蒂微红闪闪
灼痛了思索
惊回首
觅不得来时路

梦醒时分说向谁听
无言复无言

只把黑色的眼睛
投向窗棂
看梢头那轮明月
轻舒广袖

（发表于 1998 年 11 月 24 日《西安晚报》）

不知来自何处

不知来自何处
却是为你而来
莫非前世有约
果然在这里等待
原以为赶路错过花期
却是叶绿枝俏花如香海
鬓霜日渐形如逝川
而水在源头
不倦不怠

为你而来
就是你叶的一片
花的一瓣
春风中娇媚
秋光里溢彩
日晖月影时序轮回
路和树
就是永远的舞台

（2008 年 11 月 17 日）

无法停止

无论怎样按停止键
就是无法停止
像无法做到
不穿衣不吃饭一样
这只是个比方
其实它们根本不同
穿衣暖了就忘了衣
吃饭饱了就忘了饭
可此时此刻
像永远饿着在想饭
凉了在想衣
其实还是不像
应该是像站在纯净的海滩
脚就浸在水里
竖着的横着的舒缓的激越的浪
一波接一波冲涌腾跃
让心身都躁动难安
是浪的手指在弹奏心的吉他
血管的河流潮起潮落

情绪的天空风卷云舒
可说到头
还是什么也比不了呀
最懂的只有自己

（2002 年 11 月 17 日）

等得太久了

等得太久了
如窗前无语的兰
漫长地等待花期

期望与隐痛
让眼角的纹路日渐深刻
闭合处
掩藏了多少春露与秋霜
今夜无眠
扶窗而望
正看见梢头新月
一幅炭画的银饰

立冬刚过
苦寒四处弥漫
送走冬天也就一瞬的事
满怀虔诚
隆重迎接君临

（2008 年 11 月 28 日）

故　人

故人东去
辞别
没有浪漫的三月烟花
是在雨季
在秋刚刚成熟的时节
雨水不是泪水
窗外滴绿的芭蕉叶面
有踢踏之舞

挥手相望
纯净的目光开始超度
心如带露之花
盛开于启程
路很泥泞
坚定地走
有伞
就有一方晴空

既为故人
辞别的忧伤不叫忧伤

它是脚下铺路的石子
沉默着垫平坎坷

（1984 年 9 月 3 日）

日　子

总是能记住某些日子
记住照耀它的艳阳
吹拂它的清风
还有阻挡它的坎坷与苦难
记住它幽径深处的
狂放与哲思
记住与它的对话
与它的默契
与它的交融
与它天荒地老的诺言
记住面对它恣肆的泪水
和纵情的欢笑

岁月的唱机上
日子是密纹的碟片
永无休止在播放
是手中的握沙
是耳旁的风
太多都悄然流去了
可某些日子无法流去

它是高潮处的强音
是久酿久藏的甘醇
是眼的标识心的脚印
在逝者如斯的岸边
有月无月的晚上都婉转回放
有酒无酒的桌前都酣然陶醉

然后背牢了行囊
走——
执着于心的方向
路的尽头
所有记住的日子
聚起来
就是生命的华章

（发表于 2005 年 2 月 21 日《西安晚报》）

流浪歌手

我是凄凉流浪的歌手
疲惫地靠着一棵古树
听树上鸟雀啼唱残阳
看树下荒草零落珠露
我的歌唱与八面来风
风也知愁滋味
天渐凉
好个秋

默默走向遥远的大海
不见客船涛声依旧
千里明月说不尽相思
苦难的灵魂在月光里超度
我的歌唱与月光下的大海
海也知情意浓
浪轻摇
酒万斗

流浪的歌手流浪的歌
唱至天涯不到头

忽见仙子凌波来
泪眼蒙眬喜迎候
我的歌唱与圣洁的仙子
仙子知我心
路漫漫
人长久

（发表于1998年12月12日《西安晚报·周末专刊》）

握　手

已经走了很长的路程
仍未越过横亘的大山
不是留恋山上的风景
是巉崖把去路无情阻断

太阳出来就开始上路
苦苦寻找飞度的天栈
月亮升起就仰山而卧
思念是空谷飘袅的雾岚

我问太阳哪里有通途
我问月亮何处是家园
太阳和月亮都不作声
让春来秋往为我做伴

我于是将手伸过山岭
与你紧握成永恒的誓言
即使岁月天荒地老
大山是我们不灭的信念

（发表于 1998 年 12 月 12 日《西安晚报·周末专刊》）

守护祝福

无论雨雪风霜
总记着你的祝福
那声声深情的叮咛
默默地陪伴我左右
雨雪当头
泅不灭自信的微笑
风霜扑面
挡不住执着的追求
花儿开了又谢
脚步停了又走
终生不渝是我的真情
我用真情守护祝福

无论宁静欢悦
总记着你的祝福
那曲曲甜美的歌声
时时荡漾我心头
杨柳拂岸
看荷花摇曳碧水
红烛高照

把酒与明月共舞
草木枯了又荣
人生笑了又哭
百折不悔是我的真情
我用真情守护祝福

（发表于 2004 年 12 月 15 日《西安晚报》）

满街跑的玫瑰花

满街跑的玫瑰花
渲染甜蜜蜜的时尚
节过了花谢了
留下真情几许

口舌间流出的
可以是誓言
也可以是戏言和谎言
心灵和生命孕育的
才是人生圣殿里
沉甸甸的珍藏
地老了天荒了
仍是世间绝唱

心中有人做伴
走哪儿也不会孤单
一旦握紧永远
就不再害怕明天

（2004 年 2 月 14 日）

在沉默里栖息

在沉默里栖息
在心音里荡漾
在睡眠的黑暗里如星光照耀
在醒来又蔚为黎明
在思想的火焰里燃烧
在生命的激情里奔腾
执着于一念
守护心的纯净
犹如琴弦
不舍昼夜守护音符陪伴歌唱
是太阳部落的子孙
让今夜清爽的夏风
将整个世界溶化其中
从此梦境不再迷离惶惑
虽在凡尘
却一路皓朗月光

（2004 年 6 月 5 日）

是旷野里的翠鸟

是旷野里的翠鸟
在眼睛里找到了天空
飞翔吧
别惊醒云的梦

是干涸贫瘠的树
在胸怀中找到了沃土
成长吧
苍莽间站成森林

（2004 年 7 月 3 日）

将生命每天都挽成强弓

将生命每天都挽成强弓
一支又一支神箭
以力与美的姿态
射向行旅的靶心
信念与执着
牢牢地含紧在牙关之内
愈含愈是生长
在心的沃土里长成大树
遥远处
不是长河悲壮的落日
是晨光里的地平线
正在亮亮地闪烁

（2004 年 7 月 28 日）

一朵血色花

一朵血色花
怒放在河之源
美艳的蕊动
让跋涉的脚步
冷静又滚烫
一生的彻悟就此浓缩
如冰的骤融
向所有的方向弥漫
那就侧耳静听
神一样的呼唤
源自灵魂的高处
如宗教
照亮行走的远方

（2006 年 5 月 19 日）

第三辑

每一片叶子都渴望阳光

边 缘

生活被嫁接在城市的树上
看似相同的枝叶
任细雨怎么敲打
都是天涯的声音

狭小的办公室
装不下玉米和小麦的家园
轻快的键盘总在不经意中
击痛敏感的神经
遥远的炊烟
便在字里行间缠缠绕绕

穿行于繁华都市
巨大的玻璃幕墙
映出别样幸福风景
可脚板总想踩出
田埂松软的亲切
和牛羊说惯话的腔调
一直水土不服

嫁接的树也是树
枝叶和花注定背井离乡
根在故土里永不疲惫
踮起脚跟
瞭望远方丰硕的果实

（发表于 2008 年 11 月《星星诗刊》）

踩着上课的铃声

踩着上课的铃声
第一次
我走进教室
走进这片神奇的土地

阳光穿过玻璃窗
走上我的额头
点燃了
蕴积已久的思绪
微风，轻撩着我的鬓发
一遍又一遍解说
关于课文的含义

我知道
我是这神奇土地上的
神奇的播种者
爸爸在盯着我
妈妈在盯着我
还有金色的辽远的呼吸
以及

湛蓝广袤的希冀

于是我从容地扶正
波浪般的镜片
看着脚下
看着前方
在激越的心跳中
扬起播种的手臂……

（发表于 1984 年 3 期《金城》、1985 年 1 月《星星诗刊》）

早班车　驶向原野

从梦的港湾里起锚
早班车
甩掉懒散的呵欠
驶向原野

乳白色的黎明
愉快地扩展
扩展蔚蓝的希望
不须打灯
伴着早醒的鸽哨
轮子和车笛
结构一个平坦的跑道
让沉思了许久的追求
带着渴望
起飞

整齐排列的座椅
以忠实的柔软
颤动着
将多彩的心音

编织一支
奇妙的协奏曲
交给方向盘
交给
不断延伸的大路

早班车
驶向原野
驶向被太阳煮沸了的
生活的海

（发表于 1984 年 3 期《秦都》）

楼　宇

楼宇
耸立于八面临风
把地面的日子
竖了起来

是巨大的多界面荧屏
日夜播映人生
无数视窗整齐排列
却上演各不相同的故事

入夜一片辉煌
谁急急归去
谁踟蹰再三
都是对着自己那盏灯火

这里是起点
出发了就无法停下
是喜是悲
全看一个走字
窗户瞪大了眼睛
时时等你回答

（2004 年 12 月 22 日）

母 亲

太阳的火把
在夜的尽头
举起来了
于是
你，做了母亲

静静地躺着
躺着
以全新的感情
咀嚼漫长的阵痛
和往昔少女的天真
蓝色的遐想扩展着
从苍白的面颊
向辽远的大地和云空

身边的一声啼哭
像首优美的抒情诗
激扬的旋律
打破洁白的静穆
自豪宣告吧

关于你的纪念碑的落成

你笑了
缓缓地托起他
像地平线
托起一轮太阳
然后以母亲的名义
搂入起伏而蕴藉丰富的胸脯
轻轻唱起
甜蜜的摇篮曲

（发表于 1989 年 11 月《女声》）

幼儿园的阿姨

如果你不是一篇童话
你的周围
就不会有那么多
可爱的星子围绕

他们是稚嫩的一群
是挺会哭闹的一群
而童话是有魅力的
在童话世界里
稚嫩成长为咯咯的笑声
哭闹被组合为
鞍马上甜甜的歌谣
喷泉边快乐的游戏

这可真难为你
四十多岁
早不是童话的年龄
你说
和孩子们在一起
一生都是童话

（1985 年 8 月 9 日）

练字的老人

环城公园广场
黎明的帛绢
把每块青色方砖
都擦拭得鲜亮了

练字老人深弯着腰
左手红色小桶
右手如拳斗笔
蘸出山入城的黑河水
落墨为碑林风骨

广场稿笺青砖格
那透明的铁划银钩
笔笔融入古城气韵

一个字站起来
是古朴厚重的秦砖
满篇字筑起来
就是辉煌的城墙

练字老人直起身
背过手轻轻揉腰
第一缕阳光
正照亮他的额头

（2006 年 3 月 22 日）

老　者

一张五斗桌
就这样安顿了几十年光阴
年少时纵横文章泼洒的墨水
转眼就长成了
手背和额头淡淡的青斑

方格稿纸
像家乡精耕细作的田畦
一茬又一茬种出的稻谷
滋养四方人生
满腹春秋山水
以别样方式
从容演绎辉煌

喜欢落雪时节
火炉上一壶酽茶
煮沸了多少
醇香又苦涩的荣耀
黑白相间的鬓发里
醉意正浓

（2006 年 3 月 29 日）

老人与孙

弯来盘去的长队
谢顶或斑白的头
伸着脖子的张望

开闸
欢快滑溜地涌出
一双双枯手
牵不住童心
自行车　滑板车　弹簧鞋
展翅的雀儿
只能用声音追
南腔北调的声音
找不到一处停顿
停下时
小区石凳上
喘息和烤肠的浓香
缠绕在一起

等来了星月
等不回牵挂

倾耳依稀听见
啤酒屋健身房山水间
绕梁的余音
拉灯睡觉
一场好梦正等得心慌

（2016 年 11 月 20 日）

司　机

握着方向盘的时候
你就是首长

把后视镜翻过去
像关严闲人莫入的门

最管用的是耳朵
一旦得令　便在最准的时空抵达

在等待中支付每天的时光
虽然世人都最怕等待

（2006 年 3 月 29 日）

花　工

这片天地里
唯一和泥土交心的人
日出而作日落而息
每天用心血和汗水
上好的颜料
绘制四季
关不住的颜色

每株花草
都有机会成为
陋室或华庭的新宠
枝叶挽扶花朵的纯情
安然接受
泥土以外最高的礼遇

而你
只是泥土忠实的朋友
饭堂靠边的一隅
和白发如帜的老伴
每天开心咀嚼
平实的人生

（2006 年 3 月 29 日）

饮 者

一张古朴方桌
几只釉色上好的酒碗
和蹭磨得发亮的竹椅
在落地窗的阳光下
静默无语

是谁提起一江春水
将花月之夜
在面前斟满
好一汪佳酿
泡满了来路的连串日月
高高捧起
畅饮阴晴圆缺

釉色上好的酒碗
在阳光下
静默无语
饮罢推杯凭窗
迷离瞩望
如黛的远山

（2007 年 11 月 8 日）

卜爻

高人坐在对面
眉骨和浓眉耸出仙风
波浪的镜片后
一派浩瀚的深沉

眼神够了
鼻梁够了
只是颧骨显低
前程便如藤萝的触须
绕进了太多麻烦

动不了阴宅动阳宅
动不了阳宅动自身
画张符
穿过三只铜钱摇动的方孔
看命相之水
风起潮涨

酒至酣
推杯而卧

鼾声如雷渐起
遂得悟
这也是修出的道行

拊掌静心
问满桌杯盘珍馐
那一箸
才是解码此生的善缘

只记住一句
知于当知时
窗口斜阳
正照亮大师的额头

（2006 年 4 月 21 日）

立冬之夜

立冬之夜
风约了飘雪
冷冷地拍打西窗
小屋却如春
蓝色的湖面上
热浪蒸腾

经年跋涉
一路风景退向了远方
今天才终于明白
飘雪之上
月色
依然纯净如初

是寻找生了根
是等待开了花
圣果像块晶莹的方糖
迎住风尘徐徐滋润

瞬间感念几十年沧桑
就此打开
震颤了整个世界

（2008 年 12 月 2 日）

笔

正在被越来越多的人遗忘
被键盘和鼠标的风暴改朝换代

可在冷峻的沉默里
依然踌躇满志
长久的渴望
一触即可爆发
铧尖的亮光铮铮作响
在沃土深处移动
蓝色血液自心室泵出即开始燃烧
一路激情撒播
生长经典或历史

点横竖钩
朴素的符号
结构社会和心灵
四通八达的路网
以韧力
穿透漫漫时空

（发表于2006年3月20日《西安晚报》）

手机短信

手指是溪流的出水口
多情的澄澈源自心里
一片波动无边的浩瀚

按键和显示屏加压了扬程
远远近近的挥洒与滋润
在各自的轨道里穿越时空无阻无拦

溪流淙淙
让远走天涯的人欣喜若狂
让近在身边的人泪流满面

（2006 年 3 月 28 日）

早晨时光

古城墙之外
城河环绕的公园
丁香花正开
看涟漪重重
这一波
正是你远方的划动
如数码视频
在我的眼睛里开始解读
花香袭人
从这一头飘袅到那一头
只是念想的瞬间
玉蝶的天使
是否绕着你翩舞
城墙垛口
太阳悄悄探出头来
满脸绯红
写下又一天不改的誓言
石砌小路上
脚步起落
心都在颤动

（2015 年 4 月 27 日发表于《西安晚报》）

开 始

今天开始
走进霞光的驿站
开始又一程远足

目光在鹰翅上打滑
遥远的天际线
神马奔驰潮涨潮落

回首处
明月的雪
塑满世圣洁

每个日子都离根很近
同时听到
生长和消亡的声音

（2016年10月26日发表于《西安晚报》）

七　夕

一爿枯词
搅动了多少
欢愉和煎熬的心
酒可以醉
茶可以醉
清风和新月也可以醉
怅问
何时可许
何年可期
从容走进这爿词里
将陈年边框
用力摧毁
斧削的一段材心
沿着生命纹理和年轮
就此还原成树
一生一世
根深叶茂的大树
所有的日子都舞蹈而来
春风满面
逐一检阅

（2016年10月26日发表于《西安晚报》）

今天小雪

今天小雪
竟是奇迹般大雪漫城
惊动气象台
一大早发布暴雪预警

立冬之后
雾霾像神秘的黑客
拉黑了所有蔚蓝
俨然屋舍或街头闹市
口罩之上的眼睛
闪烁的全是对寒流和雪
神样祈祷的光芒
而现在
满世界都是洁白
此起彼伏的微信雪景
让灿烂童心
一再爆屏

忽然想起兴庆公园的菊花
两天前

友人雾里寻踪拍菊
朋友圈中便高洁流芳
秋尽冬已深
原可抱香自归去
却大雪重压留残枝
为雪喜还是为菊忧
四顾无语 只仰脸
迎住晶莹冰凉的雪花
纷纷飘落

（写于小雪日深夜，发表于2016年12月28日《西安晚报》）

灯 光

一把多刃的刀子
随意切割
豆腐般的夜

大块的开场舞会
裙裾飘飘
把星光转晕为虚无
小方细缕的
让林荫路感念缠绵
或照顾夜游吃货
放肆吆三喝五
风是没烤透的板筋
折不断嚼不烂
只能跟着摇晃

深夜无眠　思绪
就在床头泛滥
把成堆的字符
码进眼睛

切换出世间万象
一池鱼儿回游
四面触摸
软处是泪水
硬处是牌坊

（发表于 2016 年 12 月 26 日《西安晚报》）

远　方

视频和声音就在掌心
贴近而亲切
雪莲花一样的云朵
在马群撒欢的草尖上
快乐地飘舞

手伸出去
却只能停在半空
只能下意识抚弄
路边随意一树花枝

（发表于 2016 年 5 月 29 日《三秦都市报》）

此　刻

一壶茶喝了三泡
味道是越来越淡

窗外天色倒是重了
如早晨树梢的露珠
风一吹都会飘落

此刻
我撑着下巴出神
怎么也想不清楚
寡淡的茶水
和将到而未到的雨水
哪个更好

（发表于 2016 年 5 月 29 日《三秦都市报》）

山　中

一袭红色吊床
铺满了梦的诱惑
自顾摇曳
在深山
在林中

阳光一泻而下
却照不透
厚重的软绿
斑驳挥洒的细语
只能说与风听

梦醒
轻轻招一招手
佛性的微笑
感动了
亘古寂静

山寺钟响
似自天外而来

循声的行者起身
膜拜的脚印
随风而远
依云而空

（发表于 2016 年 7 月 31 日《西安晚报》）

你在喜马拉雅

你在喜马拉雅
在世界的高处
我在敦厚的秦地
在中国之中
藏地灵性的阳光和风
塑造了你飞翔的形象
雪光从翅羽上滑落
萦萦飘来
成为久酿的水滴
醉我

（2014 年 6 月 28 日）

最后一场春雪

山脚下
最后一场春雪
抢在雨水之前
把村庄和路一起覆盖
雕塑成冰天雪地
苦冬的样子
满目洁白之上
遐想轻舞

一汪碧水淙淙
清浅的岸边
有娇小艳黄的花朵
枝就在雪中
俯身细看
已是自顾尽情绽放

过两天就是雨水
过半月就到惊蛰
站在冬春之间
静听雪落
静看花开

（2014 年 3 月 5 日）

鸟之祭

一声闷响
一片绒羽
一抹鲜红
疾驰的车窗上
风声呜咽

离开快车道
我站在路边
回望那片树林
晨光跳跃在
波动的绿叶上
群鸟欢舞

是谁悄然走失
觅食回家的母亲?
出窠嬉戏的幼子?
流云无语
我只能撷云为幡
挂上葱茏树梢

十多年过去
再次路过这片树林
鸟群合唱歌舞升平
那个永难尘封的早晨
依然在树荫处闪现
如水
又一次
将我沉沉淹没

（2008 年 3 月 2 日）

沙 漏

铜绿的沙漏
大张着嘴
把岁月过滤得粒粒褐黄

从遥远的地方走来
双脚已太累
躺在枯脆的纸里歇息了

子夜温柔星月无光
总能听见过滤的声音
哭和笑守住同一架天平

我也被装进去过滤
第一粒是金子
最后一粒是尘土

（发表于 2006 年 1 月《谷雨》）

夜航与月

从来没有
离你过这么近
急切的呼吸
在圆润无瑕的镜面上
哈出淡淡薄雾
手欲伸出舷窗
撩起云的丝巾
轻轻擦拭
触碰的微痛
颤了心扉
只能凝注你
定定地用眼睛揽住
圣洁的光辉
你一笑顾盼
便赐我通体透明

（2005 年 8 月 7 日）

梅花辞

不待绿柳临风
把三月扶摇得烂漫
更不待红杏出墙
说不尽妖艳风流
漫天飞雪里
你悄悄走来
一枝独秀

春不报自然会翩翩而至
群芳又何以要妒
千古被歌咏
其实不过
风流骚客的自哀其悲
或者自制一张
时尚的标签
凛凛然昭示亮节与傲骨

你就是你
三月春兰
六月夏荷

九月秋菊
既然被称作花
在这辉煌的家族里
便是各有各的佳期
各有各的自由

哦，梅花
从礼赞的圣殿走出来吧
物伦也好人伦也好
自然之光天长地久

（发表于 1988 年 11 月 11 日《中国地震报》）

梅 花

绿柳临风你不来
红杏出墙你不来
玉荷映水你不来
金橘恋秋你不来
你来时
便漫天风雪

漫天风雪里
无处觅那驿外的断桥
寂寞无主的愁绪
已尘封于冰冷的词间
看高筑的花榭
一枝　一派凛冽的风情
一朵　一片冷艳的热烈

（发表于 1994 年 12 月 14 日《西安晚报》）

红 叶

嵌于案头一方
相视无言
唯耳膜轻鼓
听层林尽染的香山之巅
斯人独吟

我读读不完的诗书
读风雨人生
也读你
滚滚抒情
沿盘错的叶脉
流淌 结晶

你无言
我亦无言
逝去的不再回归
留下的便长相厮守
形枯而血色依旧
在我心
熠熠如烛

（发表于 1992 年 6 月《黄河诗报》）

过扬州

浪漫的三月烟花里
扬州
沐浴着丝丝春雨
朦胧地妩媚

把酒狂歌的仙人已远
那支苍苍之笔
写完孤帆远影之后
随手一扔
顺江而下都成惊世的诗章
滔滔直到如今

车从扬州驶过
雨丝自窗口
洒湿我额眉

（发表于1993年4月16日《城市金融报》）

今年春很短

今年春很短
冬的门槛刚刚跨过
夏就坐进了老屋
你千挑万选戏春的时装
只能是挂进衣橱的风景

雨已不是当年如油
浸润枯干的时光
说来就来了
一阵感情泛滥之后
满目都是泥泞

季节迷乱
路口已不是简单的十字
网状的辐射
让你心生困惑
看自己酸酸甜甜的果实
该挂上原野里
哪棵树的枝头

春很短
正好走进岁月的纵深
魂之所系远远的辉煌

（发表于1993年5月28日《西安晚报》）

九寨沟秋照

兀自无言
飞泻的思绪横挂而去
松与石默默厮守
诉一份情缘
又是秋去冬来时
草也凄凄
鸟也凄凄
只那天作地合的画幅
秋阳里一片灿烂
青的是松
黑的是石
豪壮的水盈溢心头
流注千年万年

（发表于1994年10月15日《消费者导报》）

城市的果子

一枚果子
高挂于城市的枝头
绿叶丛中流光溢彩
动或不动
都是太阳的神韵
有群人从树下走过
第一个人举目凝望
自豪地说
这是我们的果子
第二个人捡颗石子
吹着口哨将果子打落
第三个人拾起果子尝了一口
咧咧嘴而不言语
后来的人都啃口果子都不言语
只有最后一个人说
多么难吃的果子
城市的枝头没有了果子
果子被扔在路边
那群人走远了又回过头
默默地张望着空枝

（1994 年 10 月 19 日）

视 线

总也不会拐弯
山 或者高楼
或者任何屏障
都无情地将它推拒回去
一重又一重阴影
令人迷惑怅然

阳光无法阻断
日也灿烂夜也灿烂
思绪无法阻断
走过风雨满怀期盼
空气无法阻断
头顶高扬奋进的风帆

于是
另一扇窗口便洞开
来去自由是心灵视线
看世间百态炎凉冷热
看台上粉墨台下权变

自守心中一方净土
哭也随心笑也坦然

（1994 年 12 月 21 日）

雪 吟

起自苦寒
飘飘旋转
滑过每块灰蒙的天空
总是居高临下
无声地诉说童贞
以及童贞之外的沧桑

落地
就步入归宿三门
质本洁来还洁去
形消骨散
只在喧嚣尘世
留一片滴泪的冰心

（发表于 1995 年 1 月 3 日《西安晚报》）

莲 湖

莲湖无莲
徒一汪碧水漾不起风流
环岸皆灯
山石柳丝里七彩明灭
游人沓至
灯影摇惑了幽径
迷迷醉醉
好个五月良宵
望一眼彩灯喜泪流
不知今昔何年

独我坐于湖畔
听声声蛙鼓撞心
想那莲叶田田时
珠露滚在上面
蜻蜓悬在上面
又有飘飘仙子凌波而来
濯去周身尘嚣

我坐于湖畔

盼湖里莲生莲长
圆一个灿然春梦
着意外
有鱼儿激灵一跳
水花湿衣

（发表于 1997 年 10 月 10 日《西安晚报》）

一　生

不需按季收割的庄稼
随时发芽次第生长
把口粮和种子
一把又一把
留满每一个走过的脚窝
除了自己
也让身后子孙
熟读温饱和稼穑
等最后一粒籽实
装进囤子
就把镰刀磨亮了收起
在苦乐一生的田野
再安坐一回
坐化成地畔的树
小河里的流水
爽朗的笑声
在耳边潺潺不息

田坎上
有风轻轻吹过
一生，就这样
被快乐地收割

（2015 年 4 月 24 日）

入春后首个晴朗天

春天已来了很久
蓝天和太阳
才拨开厚重的帷幔
相挽着
把万物额头照亮

人不适应了
想仰头张开手臂
尽情拥抱
眼睛却睁不开
晕光

鸟儿不怕
从屋檐飞上枝头
扯开嗓子唱歌
柳条儿不怕
抖落蒙尘
轻舞一抹鹅黄

先戴上墨镜吧

奔向田野拽住春光
小河的琴弦奏起来了
和着舞步流淌

尘霾还在不远处偷窥
追击的脚步声强劲
清爽的风
正舞动旌旗

（2014 年 3 月 14 日）

谁是主人

我们并不欢迎
但有时又必须邀请
还要看他的脸色
尽说好话

我们是房子的主人
门在房子的墙上
却是我们的主人
大部分时候进出自由
是因为顺从了
和锁钥神秘的约定
偶尔的无厘头失约
会让我们束手无策
如果半夜三更
就只能数着星星
在小区灯影和树丛间
枯坐或者漫游

不知锁钥何时会失约
是因为听不懂

它们琴瑟弦断的暗语
唯有开锁匠
从不惧锁钥任何勾结
在阳光下行走
只出卖手艺
而我们时常陷于无奈
请时希望最近
送时最好走远
还要在心里念叨很久
到底谁是主人

（2015 年 3 月 31 日）

硬着陆

一生健步如飞
退休首日
却困在了床上

与友人同行
友人滑而趔趄
急伸手去扶
友人无恙
自己却失足骨折
歉疚加了无奈
两颗心 都痛

老伴笑笑说
这一摔啊
让我懂得了　啥叫
硬着陆

（2015 年 3 月 3 日）

思 考

此刻　水天一色
没有星月的夜晚
睁眼闭眼
都是一个颜色

而耳朵
总在弄出一些声响
不是风走过
或者因叫春而慌张的猫爪
是众神之手
在窸窸窣窣抚摸

一点点缩紧
因为墙而无处可退
烦痒还有些隐痛
想长吁一口气
张开嘴
却没有回音

于是不动
就地做一块
空心的石头

（2017 年 5 月 24 日）

停摆的座钟

案头的座钟
已经停摆很久
要修却一直未修好
索性
永远是六点

得空
习惯性瞅它一眼
就少了许多压迫和局促

早晨六点
有大把好时光
可自由调度
放手做爱做的事
傍晚六点
夜刚刚开始
星星月亮是最好陪伴
倾心想要想的人

开了灯也是早晨
拉上帘也是傍晚
没有座钟
时间的法槌
就握在自己手里

（2017 年 9 月 17 日）

紫砂壶

紫砂壶
一派淡定
在书柜中央
静守

但不是静物
触手炽热
晶红如酒的茶汤
闻之已醉
且垫书为枕
携香酣然于梦

漆红的底座
托的不是壶
是千万名山大川
日月照耀的葱茏
风雨砥砺的醇厚
此刻都在
轻捧的掌中

壶无言 我亦无言
推窗望去
客机的一缕彩烟
正拉过蓝天

（2017 年 2 月 5 日）

茶 事

端坐于茶台前
若信手抚一曲古琴
仙音的花朵
在青青草地上摇曳

秦岭取回的泉水
热烈舞蹈于玻璃壶中
慵懒的周末
便一下子生动起来
明亮而湿润

淬炼千年的紫砂
如握捧着江山
粗粝而温暖
秦巴俊朗而来
洱海淑婉而来
安溪和冻顶牵手
野旷的八闽味道
在喉头上依依挂杯

斜阳无语
茶事正浓
从突兀的高音处落下
安静的玉杯里
满是摇曳的酒红

（2017 年 10 月 15 日）

等

在朦胧的天花板上
看出了满天星斗
月光里的
河流水草和羊群
怎么数
都又返回到开头
就如做好的沙画
一阵风过
还得从指缝间
重新开溜

留一盏夜灯
备一份水果
带一个微笑
等

（2017 年 9 月 11 日）

冬日过秦岭隧道

秦岭摩天
阳光没有结冰
云与鹰逸然飞过

而我
无法扶风为翅
只能怀揣仰望
从稍滑的地平面
跃入它宽阔的胸腹
眼睛的腔镜
以三百六十度
瞬扫十八公里通道
这肠胃
消化强劲无阻

南坡草青花开
僵冷的后背

快速复活
驻足　俯仰凉热
把掰不开的二分天下
都揽在怀里

（2017 年 11 月 11 日）

和自己大声说话

面对草木花朵
和自己大声说话
面对走蚁游鱼
和自己大声说话
面对路桥墙壁
以及一切无语的事物
都禁不住
要和自己大声说话

其实无语的事物
也都有很深的心思
因为瞧不起世事
才闭口藏舌
如曲江池头这片荷
秋正浓就已向残
旗杆样的枯枝
个个自命不凡

忽然想起当年

那一大教室学生
响铃之后鸦雀无声
沉默几分钟后
我必须大声说话

（2017 年 11 月 16 日）

这一树银杏叶

没有在昨夜露重时
请身边合十的佛
悄声为自己超度
在眼前
在秋阳里
银杏叶纷纷扬扬
如做一场法事
为每位行者的脚印
镶上金边

一泓秋水微澜
把远处的天和山
都抱在怀中
鸥鸟轻翔 掠水
连同我照水的影子
摇碎成波光

路飘摇而远
是根特别琴弦
谁的纤手

奏响了秋风破
可破得了残衰的茅屋
破不了行者的梦

月亮的马车驶过
红缨驭手
正甩出一串响鞭

（2017 年 10 月 29 日）

瑞雪即景

元日甫过
眼前便堆满了狂字

狂雪淹没了太阳和云朵
天空低了又低
纯洁美丽的倾覆之后
西安便成了
黑白素静的长安

狂渴的麦苗
用三个月未雨的焦急
张开腮帮子暴饮
只是吸管太短
眼巴巴望雪兴叹

狂吼不前的大巴小轿
脚如缠足无法风驰
此刻真正的快乐
是广场湖畔林间
雪窝里老幼嬉戏的狂欢

（2018 年 2 月 5 日）

开抽屉

会爬的时候
你学会的第一门手艺
就是开抽屉
如今十八个月
够得着的十个抽屉
每天都挨个翻看几次

小脸儿藏云雨
似乎每只抽屉里
都有掏不完的秘密
找到玩具吃货手足狂舞
空无一物竟也知道叹息

孩子呀
为了你的笑和哭
我每天变法儿倒换抽屉
等你慢慢长大
人世会在你经过的路上
摆满开不完的抽屉

（发表于《星星诗刊》2018 年增刊）

求医记

路过急诊

在高等级医院
急诊室熙熙攘攘
感冒失眠一众常病
将疑似心梗的火急
拥堵得警笛声声
不断变窄的绿色通道
早就踩成了煞白
有人突然出列
一阵猛咳的石头砸下
坑洼就布满了脚底

都是为了快
到底快了谁

（2018 年 4 月 15 日）

门 诊

华发　花镜　花衬衣
温和的问话和微笑
胸牌至尊的教授
心中渴望的神

一沓化验单
一串这边那边的检查室
痛苦举步维艰
来来去去
就把斜阳拖成了
血红的残阳

再坐于她面前
透过遮眼的汗水
迷幻的药片
从花哨的笔尖
一粒粒滚下

回家
不知夜会有多长

（2018 年 4 月 16 日）

输液室

好一片落帆的桅杆
港湾拥挤，重锚
也无法让心神安稳

婴啼与老喘盈耳
忙里偷闲的鼾声
狂想者的自说自话
潮水汹涌，不断淹没
天使沙哑的呼号

安静的只有水滴
纯洁又透明的律动
嘀嗒之间
向沉闷的地方
吹送新风

（2018 年 4 月 23 日）

人 病

从今天开始，只能
忠实于身下的板床
耐着性子听它
日夜压挤的呻吟

小年祭祀过后
路突然在这里断头
灶糖花馍对联除夕晚会
无端错位人往人来
年关也就此打住
无舵的方舟
究竟要向何处飘摇
我本羔羊
只钟情于后土青草

屋顶的大地和天空
收纳了所有关注
看一匹神马
昼夜无缰

沉默的天花板
把阅读和书写的权利
给予同样沉默的眼睛
而之于别人
只一片洁白的虚无

侧目而望
窗户框出的一方蔚蓝
正有航班飞过
庆幸那是一条航线
每有轰鸣便注目过去
总有什么
可以期待

人病如斯 经得住
太多头顶的风雨之重
却经不住脚下
一缕诡异的旋风之轻

（2018 年 3 月 12 日）

又见残荷

阅江楼边
又见残荷
不管秋风来与不来

到处都还绿着
已裸露一片
直立而枯褐的枝杆
花沉入梦中
叶融入湖中

攒动的人头和镜头
记住了风情繁华
落幕的舞台上
残荷各自昂立
默望长天

撩开湖水
看到了
莲子和紧握的藕根

（2017年9月17日）

进人民大会堂

抬头看太阳的时候
她是一团燃烧的谜
走进她的身边
原来自己也会发光

（发表于1988年11月29日《陕西工人报》）

南　宁

是刚迈出闺房的嫁娘
脸上的羞涩还没褪尽
眼中的幸福正盈盈闪光
邕江的锦带
把腰肢束饰得更加窈窕
灵性的水
让来来往往的心碧波荡漾
是插下什么都能旺长的地方
独我是孤旅的异客
欲走还留 欲忘还想

（2002年11月17日）

茶·酒·水

一杯茶
一杯酒
一杯水
最不能混淆的颜色
是茶
而浓烈与平淡的两极
竟是绝对无辜的
无色与透明

（2019 年 9 月 28 日子夜）

大地原点

时空之手打开圆规
以此为中心
就那么轻轻一转
便造就了
亿万年一统江山

（2002 年 11 月 17 日）

取　名

取了个觉觉
他便整天睡觉
奶奶来看
也只能把眼睛
挂在他脸上
如果是觉悟的觉呢
就该是参禅的佛

（2017 年 11 月 25 日）

寒　冷

不要把我描绘得那么可怕了
要是没有严厉和冷酷
一切都会在春光里死去

（发表于 1981 年 3 月《秦都》）

地裂缝

门刚拉开一道缝
里面就传来陌生的吼声
别吵闹了
别弄坏我的房子

门太重
拉开了就无法再合上
匆匆往来的人好奇
总要靠近贴耳静听
然后带着异样的神色
快步离开

（2002 年 11 月 17 日）

望江南

我们向往的江南水乡
夏季里突然一片汪洋
浊流污染了诗情画意
恶浪冲毁了田园村庄
鸟，无树可泣
人，在水中央
天意妄为酿大祸
水深火热两茫茫

我们关注的江南水乡
千里长堤上战旗飘扬
军威横扫洪魔的围攻
民心筑起不垮的堤防
水，溃败而去
堤，安然无恙
举国奋起人胜天
万众携手擒龙王

我们期望的江南水乡
草长莺飞一派和祥

重建的家园流光溢彩
明澈的江流帆动鸥翔
天，碧蓝如洗
地，稻花飘香
林木秀美绿无限
大江东流幸福长

（发表于 1999 年 1–2 期《当代声屏》）

向着西南 我们默哀

这一刻
向着西南 我们默哀

泪水再次盈眶
默默含住 不要滴落啊
不要汇成悲痛的江海
十三亿双眼睛是十三亿把火炬
深情燃烧
照亮汶川走出废墟的道路
驱散巴蜀兄弟姐妹心中的风雨阴霾

心灵再次震颤
紧握双拳 挺直脊梁啊
把信念凝聚成大步前进的节拍
十三亿颗红心是十三亿只号角
嘹亮响起
手挽手用坚强补牢地裂
肩并肩用忠诚重建未来

这一刻
面向西南 我们默哀
无言的肃穆
悠长的笛声
庄严昭示
生命的尊严和不朽
民族的强盛和大爱

（写于 2008 年 5 月 19 日 14 时 28 分举国向汶川默哀时，发表于 2008 年 5 月 22 日《西安晚报》）

第四辑

融入血液的亲情与乡情

家

家，是任何市场也无法
觅得的陈年佳酿
只要想起
就沉沉地醉人

村庄绿树掩映
老屋的土炕上
母亲盘膝而坐
向着门外一遍又一遍
呼唤百里千里之外的我
而我
喷嚏连连泪水涟涟
这一切
皆是因为酒的召唤

酒是母亲终生所酿
她的炊烟她的纺车
她灯下的一针一线
以及半夜唤我乳名的声音
都是上好的酒曲

不用封缸
清香也四溢
专为孤寂的游子

我面前总放着这样的酒
高兴或者悲伤
都满满地斟起一杯
一口一口饮“家”
于是母亲就缓缓走来
温暖的手抚在额头
叫我由迷醉而清醒

想家就是想念母亲
母亲坐在屋中
家才楚楚地动人
没有母亲
家就如曲曲折折的树根
我是叶子
只能顾盼于高高的枝头

（发表于 2000 年 7 月 28 日《西安晚报》）

不会生孩子的女人

她是个女人
但不会生孩子

娘家妈说过
不会生孩子的女人
是世上最可怜的女人
娘家爸说过
不会生孩子的女人
要学会忍受
这是她做姑娘时无意间听的
如今真真切切响在心里

她准备看着婆婆的脸色行事
她准备顺着丈夫的话音做人
总之，她准备默默地走过一生
因为她不会生孩子

三月的一天
婆婆让她去走娘家
她很纳闷

但终于没有问
坐着丈夫的轻骑走娘家去了

再回到家里的时候她愣住了
清静的小院里坐满了娃娃
婆婆正往墙上挂一块黑板
而丈夫
在那株萌绿的垂柳下
流着汗
安装转椅和滑梯
一个小姑娘喊了声：1——2
所有的娃娃向她鞠躬：
老——师——好！

惊诧片刻
她明白了
长长地叫一声“妈”
抽咽着伏在婆婆怀里
丈夫走过来
把幼儿课本放在她手上
然后轻轻地说

这是一种责任……

不会生孩子的女人
有一群孩子了
逢人她就说
她是最幸福的女人

（发表于 1985 年 12 月《星星诗刊》）

农 妇

你的头发
和地里的棉花一样白了
你的腰背
和地里的谷穗一样弯了
可你还得用
空蛇皮袋似的乳房
哄哭闹不息的孙儿睡觉

儿子出门打工
戴了白花的车轮
让宽敞明亮的新屋
一片黯淡
你空洞的眼神
怎么也走不出那张
已折藏起来
浸满泪水的纸

儿媳改嫁出门
鸡鹅都围着你张望
你搂着孙儿的手

像一把干枯的树枝
如何捧得起今后
沉重的光景

哭够了睡够了
你背起孙儿又去地里
孙儿追一只蝴蝶
跌倒了爬起来还追
你锄完一垄麦子
坐在地头歇气
后背靠着
直溜蓬勃的杨树
晚霞美丽的追光
正照亮你
皱褶密布的额头

（2006 年 3 月 4 日）

四月黄昏的田野里

四月黄昏的田野里
任脚步
随意轻敲悠闲的小路

开花的荠菜
高举挂满籽荚的手臂
与众多花草左右簇拥
在脚步的起伏中
膜拜匍匐
脚步之上是思念的心灵
心灵之上是遐想的头颅
头颅之上
紫燕双双对对翻飞

麦子已经起身
叶片相挽成波动的墨绿
涌向无际的天边
初孕的麦穗藏于叶片之下
憧憬幸福
火红的麦瓶花

星星点点相依而立
是她面颊上羞涩的绯红

四月的黄昏
我在麦田小路上悠悠而行
月亮升起来了
太阳还未落山
四野无人
我是唯一的守望者
在涌动的春潮里
在月亮和太阳之间
守望家园

（发表于 2000 年 8 月 18 日《西安晚报》）

春锄的时候

春三月
淌绿的麦田里
锄头银光闪烁
阳光琴弦弹奏
风儿纤手抚摸
花翅蝴蝶
身前身后地舞蹈

紧握住锄柄
握住几十年深深的眷恋
以虔诚膜拜的姿势
轻盈有力地挥动
锄掉杂草的滋扰
松开的沃土里
一股久违的馨香醉我
泪眼蒙眬
麦苗嫩嫩的绿韵中
金黄季节正踏歌而来

回首

银发如丝的母亲
抹去额头的汗水
正甜笑着看我
她的布满脸庞的岁月艰辛
被镰刀割去一茬又一茬
如今的眸子里
满是欢心的期待

春锄的时候
我伴着母亲
母亲终生都守着麦子
渴望金黄堆积如山
我也是株麦苗
在母亲的土地上蓬勃茁壮
相信吧
定能在她的渴望里
长成最丰硕的一穗

（发表于 2000 年 3 月 14 日《西安晚报》）

荠　菜

原本铺地而长
过了立春
就和麦苗一起向阳光争宠
一起慢慢伸展开腰肢
一起在春风里婀娜
麦香还远
城市的菜场里
你野味的醇香正受青睐
今天我们是置身于你的母土
在葱茏的麦垄里
拔起同样葱茏的你们
城市下顿的餐桌上
就盛满了原汁的乡野滋味

可爱的乡亲
将已背起的喷雾器重放回田头
好让我们采得更多
我们登车离去的时候
农药的水雾映出小小的虹
开始弥漫

受伤害的是你们
麦苗将更加茁壮
年年如此
你们年年重生
受呵护的更辉煌不易
被灭杀的绝迹也难

返回城里
我们忘不了乡野
吃着鲜嫩的荠菜饺子
不知该说你香
还是麦香

（发表于 2006 年 3 月 13 日《西安晚报》）

六　月

六月　广袤的秦川平原
金色的麦浪
在南来的柔风中摇曳
布谷鸟
从一个村落飞向另一个村落
向人间
啼唱火红的喜悦

静静的河湾和浓郁的树荫
已失去神奇的魅力
袒露古铜色臂膀的农人们
带着骄傲
走向焦灼的田野

镰声响了
又一个丰收顺利分娩
犁头的颤动中
秋禾声声拔节
燃烧的太阳
从一顶顶发黄的草帽上滚过

留下一首无字的诗
草帽下的姑娘把它译出
和着汗珠在土地上书写

六月
一串熟透了的葡萄
一只刚伸出芽的新叶
成熟和孕育紧紧相连
庄稼人
让欢笑和憧憬
向田野滔滔流泻

（1983 年 6 月 25 日）

风吹麦稍黄

小满的风吹过
麦稍就一垅又一垅黄了

突然看见母亲
正搓两穗新粒扔进嘴里
在揉眼的瞬间
熟悉的身影和笑
就从波动的金缎上
滑向了太阳那边

年年回乡看麦黄
就只为
深味那片沃土的
醇香

（发表于 2016 年 5 月 29 日《三秦都市报》）

记　忆

记忆的田垄里
秧苗枯没于燥热的风中
只有这株玉米正红了穗子
等待青筋暴突的手
用熟透的青春灌浆

过往的日子被折叠起来
一摞摞码进书橱
死灰般寂静的老屋
檐头上瓦松枯了绿绿了枯
守望着似水流年

这株玉米像绿色的火炬
点亮潮湿太久的烛捻
泪水欲望的光芒
刺穿子夜陷阱的温柔
把圆了的月亮高举头顶

一生只记住一件事
这是生命纯净的快乐
玉米饱满的颗粒存满仓库
既是口粮又是种子
就此安顿永远的家园

（发表于 2016 年 7 月 31 日《西安晚报》）

在农家吃饭

古老狭长的街道
瓦屋的簇拥中
一座崭新宽敞的院落
前店后家　中间的天井
把春天正午的阳光
切割出方方正正的一柱
像舞台上定格的追光
围坐在还散发新木芳香的桌边
我们碰响细瓷海碗
让橙黄的家酿米酒
从嘴边开始
向全身刮起甘醇的乡风
金色的麦浪
油绿的玉米林
艳红的辣椒园
顺风踏歌而来
在尺幅之间
让我们品尝稼穑的艰辛与快乐
此刻
天天要背负的城市已远去

柱形的阳光里

我们与前店歇脚吃饭的乡亲

比邻而望

一杯一箸

都是土地的醇香

（2016 年 3 月 12 日）

一条路

一条路
像架长而又长的梯子
努力爬上去
翻过城市的高墙
就站在乡间松软的麦田里
起伏的绿浪
让长久以来忧郁的脸色
闪烁铮亮的春光
那只叫作欢乐的气球
被顽皮的风鼓圆了脸吹着
终于挣脱了双手
和头顶的鸽哨一起飞翔
城市美丽地站在身后
而我们
蹲在灌渠边撩动水花
谁都不想回头

（发表于 2006 年 4 月 15 日《西安晚报》）

担忧·思念

儿行千里母担忧
担忧是一根根白了的青丝
一道道深了的皱纹
一次次村头的企望
娘心操在儿身上
盼儿家业兴旺
盼儿岁岁安康
也盼儿常回祖屋
甜甜的叫声娘

莫说“儿心操在石头上”
足行千里
思念绵绵想亲娘
思念是纤纤丝线缝牢松落的纽扣
灶间油锅里葱花的爆响
出门前依依不舍的叮咛
患病时轻抚额头的手掌
儿是娘的纪念碑
行也坦荡潇洒
站也壮丽辉煌

让娘的脸上光彩飞扬

娘的担忧儿的思念
人世间一曲不朽的乐章

（发表于 1998 年 8 月 7 日《西安晚报》）

病中的母亲

母亲病了
赶到老家医院时
她已不能说话
在病房耀眼的白里
静静地躺着
就像躺在晒场的棉花上
正睡着午觉

那双熟悉的手
将这个穷家几十年的日子
撑得浑浑全全
如今憔悴苍白
竟然头一次撑不起自己

眼睛微闭
唇间气息忽快忽慢
大夫说再也站不起来了
我说母亲别怕
你躺在这儿家就在这儿

我就是你的拐棍
你的话匣儿
说到这儿，没想到
母亲一直没有知觉的手
突然就攥了我一把

（2008年12月7日）

安 静

这屋子真安静
泥土香着轻风爽着
没有人打扰你黄昏的小憩

你在想什么，门头上
荣荣枯枯的花草树木
都在轻声诉说
把它们镶嵌在手机相框里
我随时品读

安静但不寂寞
年年除夕红红的烛光
穿透夜空
将三百六十五天逐一照亮
鸟儿们的乐队
鼓铙镲钹随时在敲响

自从你不说话
我就成了孤儿
无人处暗吼几声秦腔壮胆
在温柔的安静里
慢慢长大

（2006 年 3 月 11 日）

清明祭

我不敢去跪伏于你的墓前
母亲
那一抔抔掩埋你的黄土
在我心中
每一粒都沉重如山
我不是怕沉重
我怕久聚的泪河决堤
弄坏了你的屋檐
你就那样安详地睡吧
我虽身在远方
可虔诚的心
时时为你做伴

我不会在十字路口焚烧纸钱
母亲
那稍燃即逝的火光
在我心里
每一缕都灼痛思念
我不是怕灼痛
我怕飘飞不定的纸灰

惊扰了你的梦园
你就那样安详地睡吧
我的心志是你所赐
用一生做个大写的人
你定会含笑九泉

（发表于 2000 年 4 月 6 日《西安日报》）

二哥去了

二哥去了
吃过晚饭洗整了头发
刷净打球时衣上的浮尘
在广场听完一板秦腔
就飘然去了

我子夜赶回来
枯立于
这个叫许家河的地方
马路宽阔四野安静
看不清他去的方向
只见头顶星宿
一颗连一颗
闪亮着从眼中滑落
许家河 这颗黑色尖刺
瞬间深扎心里
一生都将无法拔出

身边有人伏地而泣
是躲避不及刺耳的刹车声

是二十岁年华的惊恐失神
此刻别无选择
只能扶起他
在风中

第二天太阳升起时
再来看许家河
沿河是热闹的菜市
昨晚站着的地方
一队光鲜亮丽的婚车
正吹吹打打接亲

（2016 年 11 月 23 日）

不敢对视你的眼睛

不敢对视你的眼睛
不敢
一根钢针冰冷锋利
刺穿胸前冬装
不见血
只生生的疼

你轻轻一笑
别过身
去看窗外的远处
美丽而抽动的侧影
将满天初起的雪花
纷纷摇落
重又装饰了
你洁白的诊室
和洁白的衣裳
如一篇新编童话

来取阿普唑仑
惊悉你化疗甫毕

小心收起药盒
不知它还能否安慰
经年的失眠

（2017年4月1日）

送 行

一声长哭
让郁葱的花瓣和草叶
骤然挂满了
五月黎明的泪珠

远行也要起早
无声的脚步
怎么就踩痛了
几十年温婉的目光
牵不住的手
如何举得动
失语的魂幡

不要黑纱
不要挽幛
不要花圈
也不要加了黑边
淡淡的笑容
就让海边那潇洒的挥手
溅起咸味的风和水

和着笑声扑面而来
让百合玫瑰康乃馨
灿烂的郁香
温暖渐行渐远的白帆

不问归期
不问归期

（2006 年 4 月 17 日）

午 后

三十楼阳台望下
几个小孩拱头趴着
好像在围观什么
也许是蚂蚁甲虫
觅食或者角斗

惊恐的喊声传来
有人跳楼了
一片晃眼的阳光
在树梢上跳跃
蝉声断续
不知风中的疼痛
是怎样落地

楼上的钢琴太响
像不断收紧的绳索
我转不动身
刚看过张家界
翼人比赛的触崖
两只黑色翅羽

就也关闭了
我的蓝天

又一个午后
一辆搬家车
在浓重的树荫里
悄然离去
杂乱的物件中
一双挂着泥点的雨靴
左右摇晃

（2017 年 4 月 20 日）

生　命

炉火熄灭
烟已经飘尽
烟成为云和阳光的一部分
高高在上俯视万物
蓝天为它背书

有几缕偶然淋雨
淅沥落回大地
在绿叶上小憩
在屋檐下回望
灶间的烟火
重又熏酸了眼睛

于是悄然生根
触须攀住太阳的光芒
猛长
与那团烟牵手
长成一株
永远的菩提

（2017 年 4 月 29 日）

农 民

不再是四平八稳
抱着锄把
虔诚祈求土地的恩赐
一年，又一年……

心大了，野了
三间瓦屋
装不下太多的畅想
于是，走进书本
走进报纸、广播
捕捉日日翻新
诱人的信息
然后，在试验田里
播下蓬勃的思绪
用大胆和严密
精心为自己雕像

……啊，是的
农民
这个烟熏火燎得发黄的概念

新时期正为他写一条
闪光的注解

（发表于 1998 年 11 月 2 日《西安晚报》）

南方人·北方人

北方的小镇里
来了一群南方人
开理发缝纫店的南方人
钉鞋网棉絮的南方人
卖眼镜的南方人
拿了钩针丝线
修补衣裤的南方人

小镇人问
——不想家么
南方人并不回答
依旧微笑着干他们的营生
到年终直起腰
将雄心绾一个漂亮的小结
该带着妻小回故里了
才轻轻哼起家乡的小调
也留下对于北方的眷恋

小镇平稳的北方人很是嫉妒
嫉妒南方人多心机

嫉妒南方人太小气
却也掩饰不住心里的喜欢
喜欢衣服有南方的挺阔
喜欢发式有南方的浪漫……

哦，小镇的北方人哟
他们不再只情愿守故土
他们也想走天下
像南方人那样走天下
带着北方的丰腴和纯朴
带着北方的浑厚和坚毅

于是，小镇的北方人出家门了
出家门去闯世事
父老乡亲望着他们的背影
招着的手久久没有放下

（1986 年 3 月 6 日）

麦子上楼

一斗、两斗、三斗……
麦子上楼
爷爷报斗
嗓音亮
醇如酒
脸上喜气掩不住
银须颤悠悠

一包、两包、三包……
麦子上楼
爸爸扛包
脚踩稳
步步高
腿上有劲身不摇
上下像小跑

一筛、两筛、三筛……
麦子上楼
妈妈摇筛
臂转圆

笑颜开
沙土草籽地上落
金粒放异彩

一粒、两粒、三粒……
麦子上楼
我捡麦粒
眼儿尖
手儿急
有粮犹记无粮愁
颗颗归仓里

农家不忘耘苦
最喜是丰收
丰收何须向人夸
阁楼深
藏幸福

（发表于 1983 年 7 月 17 日《陕西日报》）

听 春

唧唧 咕咕
春在鸟儿的鸣啭里
杨柳枝头歌唱家
曲曲惹人醉

叮叮 咚咚
春在小溪的浪花里
走村绕田诉衷情
大地披彩衣

嘻嘻 哈哈
春在农家的欢笑里
锄头闪光麦苗壮
阳光多明媚

站着听春
赶着寻春
呵，她来了
走进每个人的心里
那就敞开胸怀吧
抒发绿叶对根的情义

（发表于 1995 年 6 月 20 日《陕西农民报》）

放风筝

麦田是绿茵的广场
风儿轻鼓着翅膀
只只彩蝶飞舞
心花朵朵
开在蓝天上
孙儿的眼睛追逐着风筝
七彩梦幻一起飞翔
爷爷的脸上满是欢笑
甩掉拐棍
也学少年狂
啊！飞吧风筝
你带走的是绿色的心愿
送回来的
将是收获的金黄

（发表于 1994 年 4 月 5 日《陕西农民报》）

送书姑娘

高高山上一条路
姑娘挑担走下来
甩开手，步子快
脸上红花带露开
人未落脚声先到
“看书哟——”
喝退河汉十里雾
喜得山村乐开怀

大妈递过热毛巾
大伯茶壶捧上来
阿哥去搬藤条椅
幺妹整忙搭桌台
最喜不过崽子娃
小凳摆了一排排
全村老少好热闹哟
个个脸上放光彩

送书姑娘心儿醉
手开书箱情满怀——

如今山民眼界宽哟
深沟沟里想未来
万重山水难挡道
阔步赶上新时代

（发表于 1983 年 12 月 13 日《安康日报》）

第五辑

于无声处的古调新弹

题刘博渼陂秋照图

秋来涝水胜渼陂，天光舒卷神仙笔。
一抹终南十里秀，云溪塔前看山低。

（2020 年 8 月 20 日）

夏日在蓝关道上

夏日酥爽出蓝关，川塬叠翠日生烟。
登高扶望祝国寺，灞水曲回润田园。

（2020 年 6 月 20 日）

地铁五老聚记

酒醉三分好，人醒八成愁。
野老无世事，啼笑皆自由。

（2017 年 12 月 23 日）

入甲子寄赠同窗诸君

（一）

乾州一别四十秋，走进甲子方回头。
梦里学少吟寒窗，群中新老赋锦楼。
从职勤勉有功业，修心坦荡无忧愁。
待到雀跃重聚日，春风如意笑白头。

（2017 年 5 月 11 日）

（二）

旬彬欢聚苦暑天，农舍佛寺红马兰。
观景着意笑淑女，垂钓用心乐俊男。
秦腔遏云惊满座，轻歌绕梁醉长年。
只要青春好做伴，管他痴狂似童顽。

（2017 年 7 月 18 日）

（三）

乾州别时正华年，咸阳聚已两鬓斑。
良宵苦短忆难尽，为展豪情上关山。

（2020 年 6 月 19 日）

跨年夜寄怀诸友

初识长安各萍踪，幸得凡世有仙宫。
经年心照聚高远，来程去路共春风。

（2019 年 12 月 31 日）

秋日车行山间

白玉轿　山间路
簇拥作顶黄金树
秋浓醉不透

人行急　车行慢
巧过悬崖不须看
鹃啼声声赞

秦岭峻　白云飘
分水岭前看山高
如仙自逍遥

（2019 年 10 月 17 日）

遥祝圣诞

一阳孕春紫气升，遥祝堪与圣诞同。
履公经年无憾意，赋闲初度有雅容。
宝镜方识天下美，贤孙更感骨肉情。
阅尽人间青山在，春秋不老任我行。

（2019 年 12 月 24 日）

秋日拍者

半岭红叶半岭天，谁持宝镜在山前。
莫道寒秋秋已了，留得美景醉人间。

（2019 年 10 月 29 日）

镜前影展开幕感赋

镜前光影终成展，苦寒也如三月春。
从此更添拍家好，都是快乐追梦人。

（2018 年 12 月 27 日）

题秋光相册

谁抚玉琴暗飞声，佳景叠映秋渐浓。
不只霜叶红天际，瑶光神来月从容。

（2018 年 11 月 17 日）

赠郭君

家有稚孙心如花，灵猫绕膝乐无涯。
再取天下万千景，何羡陶公南山洼。

（2018 年 11 月 11 日）

赠贺公

一方宝镜走天下，万里山水胸中收。
神光奇景生如是，管他美雪映鬓头。

（2018 年 11 月 11 日）

题寒石《秋》照

满目秋草黄金地，就便冬来也无妨。
谁人回眸望你我，翻遍锦册总留香。

（2018 年 10 月 24 日）

端 午

又是一年端午， 微信拜节好忙。
咸甜肉果百色味，商家乐得着狂。
可怜粽相太丑， 看看弃之一旁。
遥想当年今日， 芦叶米枣粽香。
慈母亲包连夜煮，满院喜气洋洋。
状若鲜菱可爱， 永世口赞心藏。

（2018 年 6 月 18 日端午节）

咏 枫

五月四日一树枫，沐春历秋自葱茏。
莫道层林景千万，走遍天下是火红。

（2018 年 5 月 4 日）

题绿叶捧蕾照

绿叶捧着花蕾，玉露轻悬脸颊。
水色最是好看，胜过红嫣紫姹。

（2018 年 3 月 31 日）

除夕夜寄赠承继兄

小年灯火万家欢，胸椎罹患我独难。
困床得助神医手，蹒步借力贤兄肩。
诊治汗浸三更过，陪观时艰一床眠。
从此百日无畏惧，情重心暖总抱拳。
（2018 年 2 月 15 日 22 时，除夕）

注：小年夜不幸胸椎意外受伤，在这个时间这个年龄，遇此一难，深感人生无常的痛悔与无奈。幸好有兄，深夜得信后第一时间赶至家中，及时确诊，稳妥治疗，又一夜陪护观察，很快稳定了情绪，调整好心态，积极配合治疗。这一晚处置过程的每一幅场景每一个细节，以及此后每次来家换药的情形，都铭刻在心，时时想起。兄弟相交多年，心心相印，经此一事，更感情深义重。年关之际，深表敬谢，并占小诗以赠。

秋钓图

鱼庵倚山共云水，竹影清淡几分惮。
颔首不扰秋风过，但听鹭鸣惊睡莲。

（2018 年 2 月 3 日）

题初雪美照

初雪入夜秀长安，琼楼玉树度小寒。
处处清冽随人意，笑在心头满城仙。

（2018 年 1 月 5 日）

元日记行

元日驱车贾埝村，怜慰高朋送至亲。
百里枯褐冬寒眼，千重翠绿春暖心。
相濡不见子衿泪，苦恋但知青鸟勤。
回时曲折终大道，窗上日煦抚梦人。

（2018 年 1 月 2 日）

圣诞夜吟

冬来无雪星满天，虔心净手贺圣安。
随性笑数花甲子，百年何处不青山。

（2017 年 12 月 24 日）

立冬日

立冬日暖怜清秋，红叶飘落绿渐无。
且待香雪沐玉面，自见高洁何说愁。

（2017 年 11 月 7 日）

在灞上

灞柳依依，灞水泱泱。
君子何所，在水中央。
波镜靓颜，涛诉衷肠。
高山仰止，皓月无疆。
凡余得此，如在天堂。
经年珍守，亲敬无双。
虽言老至，何惧何殇。
日月可鉴，春秋绵长。

（2017 年 11 月 7 日）

榆林红碱淖

（一）

榆城碱淖金粼开，游船秋照煦风来。
荷仙皓腕倩影动，柳丝着意画蓬莱。

（发表于 2017 年 10 月 31 日《西安晚报》）

（二）

半边阴雨半边晴，夏衫秋装各不同，
絮语如歌听醉耳，相思花海到梦中。

（2005 年 8 月 19 日）

九月九日寄友

今又重阳登高台，霜菊无言次第开。
山水云天望鸿雁，秋声盈耳风满怀。

（2017 年 10 月 28 日 / 农历九月初九日）

赋中秋国庆双节

天上云重雨随缘，人间双节各有闲。
最是得意神仙会，明月永在心头圆。

（2017 年 9 月 30 日）

秋日林州行

十万太行一条渠，红旗漫卷涌珠玉。
雄踞峰壑水长城，畅润田林人安居。
峡谷叠翠潭抱瀑，天路铺锦黄伴绿。
美地仙山名中外，钎锤荣光铸神曲。

（发表于 2017 年 9 月 20 日《西安晚报》）

送高君赴外省亲

（一）

仲秋时节有良辰，庭院秉烛送高君。
甘醇喜醉桃花面，笑语暖抚明月心。
欢愉时短紧执手，冬春日长慢思人。
莫道去国千万里，相约守望共晨昏。

（发表于 2017 年 9 月 20 日《西安晚报》）

（二）

长安秋高好飞翔，巡天观地过大洋。
家聚敬老笑异域，心同迎孙喜华堂。
他乡无忧亦故地，自心有容是吉祥。
万里遥祈高朋愿，只待春来新茶香。

（2016 年 10 月 4 日）

七夕夜遇雨偶得

秋雨入夜暗天河，人间无缘笑对歌。
郎女安享鹊桥会，星辰静伴神侣乐。
经年离愁心寒苦，千古殇情泪滂沱。
且珍苍生多福祉，何必呓语说嫦娥。

（2017 年 8 月 28 日七夕）

题靖边波浪谷照

万世风挟水，时光造峻奇。
碧湖映流沙，丹霞伴芦荻。
仄身绝壁峭，颔首淡云低。
枯树覆新枝，霜叶醉秋意。
来去羊怜草，俯仰鸟鸣笛。
晨昏铺锦绣，天地两相宜。

（2017 年 5 月 10 日）

春种图

一老扶犁笑扬鞭，两犊拉套犹撒欢。
银铧翻浪松春土，稚子跨篮种秋天。
油菜籽实荚繁抱，绿树荫浓枝疏连。
遮额畅望南山近，白云处处唤炊烟。

（2017 年 5 月 7 日）

秦镇凉皮

秦镐水醇有佳馐，凉皮黄酒小砖楼。
一脉薛氏此为最，侧身过街笑回头。

（发表于 2017 年 5 月 3 日《西安晚报》）

无 题

（一）
昨夜高楼望月近，今宵云重愁时长。
满屏桃花怜无限，便抱心香入梦乡。

（二）
临窗幽兰抱玉珠，捧卷长吟月梢头。
一汪心泉滴石上，借得春风枕边流。

（发表于 2017 年 5 月 3 日《西安晚报》）

君子兰

雍雅凭窗自安闲，绿叶对出竞华年。
纵然娇蕾盼无期，君子相望一笑间。

（发表于 2017 年 5 月 3 日《西安晚报》）

题友人桃花图

三月春暖看桃花，天蓝水碧醉仙葩。
谁人慧眼识禅韵，满目夭灼笑尘涯。

（发表于 2017 年 5 月 3 日《西安晚报》）

立春暮雪

立春未料雪打灯，乡野皑皑暮归城。
几度寻呼人不见，一行脚印颤迎风。

（发表于 2017 年 5 月 3 日《西安晚报》）

假　日

春回风爽暖斜阳，闲装信步览肆坊。
楼纵千重舒望眼，颦笑如意心自香。

（发表于 2017 年 5 月 3 日《西安晚报》）

清明访南宫山遇雨

花娇正得清明雨，山深寒来思暖茶。
轻敲寺门听禅意，终守一念心为家。

（发表于 2017 年 5 月 3 日《西安晚报》）

古城夕照

霞光夕照古城垣，树影抚月向蓝天。
箭楼雄关梦汉唐，城河碧流映长安。
绿荫铺锦芳草地，红叶溢彩百花园。
虽临黄昏日将尽，最是温柔夜阑珊。

（2017 年 4 月 30 日）

题赠《平野菜花春》图

满眼菜花日洒金，去年芦穗映春深。
闻香笑捧三五朵，红裙白纱画中人。

（2017 年 4 月 24 日）

金州往大河途中

金州城头汉江边，细雨轻舟柳含烟。
子孙相携清明祭，爆竹声声祈长安。

（2017 年 4 月 4 日）

初秋山中行

新秋岚重锁峰峦，绿衰黄渐红满山。
但闻雁声穿云过，更有飞瀑碎玉烟。

（2017 年 8 月 26 日）

哭贤兄

2016年9月30日夜，得报贤兄车祸，不治身亡。椎心之痛，长夜无眠，泣血而成。

（一）

莽少狂车碎夜阑，贤兄无故苦蒙冤。
斑马线上溅热血，急救室里难回天。
未留儿孙半句话，憾离世间迫为仙。
百里奔丧泣血泪，悲望残月愤诘天！

（2016年9月30日子夜）

（二）

世人庆节我独哭，黑衣素颜过悲秋。
长兄瞬陨许家河，少侄长跪灵堂屋。
端碗不知五谷香，卧床更添三更愁。
生来苦痛寻常事，于我怎总命相忧？

（2016年10月6日）

（三）

少岁停学度饥荒，沿门只为几颗粮。
群宿村庙挤作暖，独熬头疮痛夜长。

青年从军气轩昂，沙场点兵亮戎装。
磨剑藏锋十五载，肝胆赤诚为国强。

履职蒋甘管武装，驻村入户终日忙。
扩大兵源壮军威，强基富民促农商。

城市运行水为王，科学调配保安防。
清流滋养万民心，处处鲜花都向阳。

花甲荣退心地宽，晨昏健身不等闲。
聚朋会友开心笑，为儿护孙乐翻天。

（2016 年 10 月 4 日）

观央视 2016 芙蓉园中秋晚会

天阴尤愁云重笼，终究月明照长安。
六路琴瑟动曲江，八方天籁醉唐园。
古城流光美秦地，神州溢彩耀宇寰。
年年中秋今最忆，直与杭州[注]笑比肩。

（写于 2016 年 9 月 15 日 / 农历八月十五日夜）

春　雪

春来雪花飞满天，仰面轻融知喜寒。
银装重抹美楼宇，微风淡描秀林园。
曲江垂钓看鹅舞，城墙蹬车听市喧。
漫展长安千幅画，绿韵勃发进猴年。

（发表于 2016 年 5 月 30 日《西安晚报》）

[注] 2016 年 9 月 4 日 G20 杭州峰会文艺晚会

泾阳茯茶镇

高朋同游茯茶镇，二月日暖风甦身。
铜壶泾水崇山味，玉杯浓汤平畴心。
古时商道壮行色，今日丝路传佳音。
八方客来不思归，携香远足念秦人。

（发表于 2016 年 5 月 30 日《西安晚报》）

皇 菊

顾山皇菊，美如标本，置于玻璃杯，冲泡即翩然绽放，一朵成秋韵，惜之。

玉杯甘露置锦台，皇菊甦醒随意开。
喜观漪动不忍饮，且听秋韵随春来。

（发表于 2016 年 6 月 27 日《西安晚报》）

采 茶

长安朝雨紫阳晴，放眼茶山入画屏。
一袭红纱关中女，采得春芽作香茗。

（发表于 2016 年 6 月 27 日《西安晚报》）

九峻山上

九峻巍然草青黄，春日凌顶正斜阳。
东望昭陵嘶战马，西吊武帝想盛唐。
恭行神道心敬畏，虔依后土意飞扬。
花开满山秦人笑，雄风劲处皆脊梁。

（发表于 2016 年 5 月 30 日《西安晚报》）

悼陈忠实

星陨恸悲暗泣声，捶胸无措唤英名。
神工雕魂沧桑面，椽笔透骨世纪风。
日月苦耕赖布衣，春秋跋涉贵赤诚。
笑将痴心托故土，巨书作枕听鹿鸣。

（2016年4月29日叩笔，发表于2016年5月30日《西安晚报》）

山　中

朝时日暖午时阴，细雨峰峦绿无垠，
祥峪千户山中俏，流水回环听鸟音。

（2016年2月14日）

端午节谒王维墓

兄弟登高六月天，峰回路转葱茏旋。
两千阶石仰绝顶，百科珍木赏名园。
茱萸奇峻我为峰，云台景胜众皆仙。
谒罢摩诘吊屈子，尘世玉壶一寸丹。

（发表于 2007 年 10 月 31 日《西安晚报》）

村 行

徜徉走村路，花草轻牵衣。
金穗登场去，裸田自浅憩。
当年同来斯，住车泊稼畦。
四野人无踪，绿浪涌耳际。
镜湖两相照，彩墨画翠微。
观云醉伊甸，守地应可期。
思罢凝东望，长啼托子规。

（发表于 2007 年 10 月 31 日《西安日报》）

春 晨

欲拧柳笛窗前奏，唤得长歌夜中来。
苑河风为花影动，城头正是浮云开。

（2007 年 3 月 26 日）

春 夜

斜阳踏青燕剪柳，春夜梦随月光明。
石阶连天峰不见，但依松岩听泉声。

（2007 年 3 月 25 日）

春 寒

丝丝细雨听长夜，切切脚步醒露晨。
但看河边寒摧柳，谁解花中怜花人。

（2007 年 3 月 15 日）

度 夏

晨风东来玉泉声，潺潺细浪叩灵城。
静守寸丹度苦夏，碧峻叠翠报皓宫。

（2006 年 6 月 18 日）

迎 春

谁解陶园逍遥意，携子翩然弄芳洲。
春眠不寒霜月皓，朝来鹅柳拂人头。

（2006 年 2 月 10 日）

除 岁

迎得高堂共除岁，绕膝且尽赤子心。
抚枕静听春絮语，直向长夜催新晨。

（2006 年 1 月 27 日）

夏 夜

枝头杜鹃啼连声，池边孔雀自开屏。
轻风南来凉夏夜，江上玉箫到梦中。

（2005 年 8 月 5 日）

自 嘲

晨起匆忙须未刮，赤脚短打硬胡茬。
斯文且去逍遥汉，难得著鞭赏豪侠。

（2005 年 6 月 15 日）

玉 泉

艳阳金花次第开，宝辇华宫玉泉来。
谁人曾知蓬莱秀，天水万方醉瀛台。

（2005 年 5 月 26 日）

无 题

一波方平一波高，千江浩渺醉狂涛。
鸥鸟轻翔掠灵水，樯帆风满追大潮。
山连群峰衔天远，月笼云袂吹洞箫。
凭谁隔岸说尘事，冰残春暖弄逍遥。

（发表于 2005 年 2 月 23 日《西安晚报》）

答友人

吟罢掩卷意徜徉，借得豪气荡回肠。
历尽凡俗唱高洁，看遍魍魉笑荒唐。
品至极处我独秀，情到浓时心自香。
不说立文千古事，还待妙手写华章。

（发表于 2005 年 2 月 23 日《西安晚报》）

自勉辞

有君为诤友，品正得升迁。
别去日渐近，既喜又惶然。
虽仍咫尺距，就教看忙闲。
遇事多自省，进退细感观。
处公勤与苦，为人诚和宽。
思绪千万重，知行必守端。
蚁微防损堤，莫误风华年。
人生有大道，处处皆相安。

（2005 年 1 月 31 日）

观 弈

午后山岭镇王朝，碧池轻雾玉树高。
但得周郎罢战事，俱是欢颜着锦袍。

（2004 年 12 月 28 日）

送友人西行

家酿大明宫，歌舞夜未央。
高朋喜相贺，笑语满庭芳。
执手惜情暖，凝目盈秋光。
子夜星满天，迎风望朔方。

（2004 年 12 月 9 日）

病中吟

卧病非是苦，椎心无自由。
抚窗感晓寒，依栏叹日暮。
初灯惧长夜，宿半蜷身孤。
思念若香溪，淙淙兀自流。
樊篱何时破，俯仰月如酥。

（2004 年 11 月 2 日）

气管做镜检

气管做镜检，初临惧无言。
既为俎上鱼，屏气任转翻。
所幸无大疾，苦痛尚可堪。
前事总难料，淡对自能安。

（2004 年 11 月）

雨 晨

夏晨雨急天骤凉，鸟啼声声在新窗。
旅人长喟不见日，仰天驻足迎春巷。

（2004 年 6 月 4 日）

赴蓝田帮建村途中

时吉天为伞，炎夏有荫凉。
乡野涌碧绿，麦垄泛金黄。
蓝川峰塬秀，浐灞波浪长。
自得入图画，处处有心香。

（2004 年 5 月 30 日）

解 心

天下万事皆有解，唯有心字无解人。
自明方可知玄妙，何须高拜问迷津。

（2004 年 5 月 27 日）

故人邀半坡

故人邀半坡，但见灞水长。
重柳无别意，玉蝶有花香。
庭院喧笑语，杯盏摇神光。
相握难辞手，怜念伯子郎。

（2004 年 4 月 26 日）

寄 远

（一）

蓬莱路长，青鸟翅短。
扑扑而飞，皆为搁浅。
夏木葱葱，抚之生叹。
溪流难止，浩水何岸。
企之望涯，晨昏盈天。
迢遥复复，众行逐欢。
笑荡花丛，乐满海滩。
总有静时，梦否秦关。
可采红豆，执于掌间。
观之如烛，灼灼熠然。
时日有序，难令其迁。
长吟为诗，日映归帆。

（2004 年 4 月 25 日）

（二）

得暇念远思悠悠，忽闻神籁梦回头。
南夷佳音醒天地，北狄甘霖润春秋。
风来屈指日继夜，雨去翘首燕随鸥。
长路漫漫皆与似，功成可待高秉烛。

（2004 年 4 月 27 日）

春夜吟

零时忽梦醒，春宵只怨长。
蜷身困脚手，扪心数牛羊。
枕边听夜话，灯下观书行。
东天现曙色，霞灿何辉煌。

（2004 年 3 月 28 日）

夜读小憩

水碧风扶柳，云淡月衔山。
繁花香有痕，孤灯照无眠。
掩卷唤欲出，闭目自为仙。
更声听远近，灿然看明天。

（2004 年 3 月 6 日）

过罗湖桥

秦川东去海之角，日月同照罗湖桥。
夙愿托与香江水，别样晨昏喜听涛。

（2003 年 10 月 26 日）

问 秋

满天星灿簇百合，水绕云舞问青山。
何处玉溪蕴珠蚌，秋色澄明在陶园。

（2003 年 9 月 4 日）

无题

（一）

闲池起落自徘徊，残阳秋树鸟雀来。
凭窗望断云踪去，拊掌无计问灵台。

（二）

长夜如丝自作茧，不闻百籁不见天。
待得破壳展玉翅，倾尽虔愿种新蚕。

（2003年8月21日）

悼闫公玉岳兄

突罹疾患自坦然，恨天难过清明关。
甲子初度乐高朋，鬓边甫白喜重缘。
千呼仙去珍英名，万唤雨来悲忠肝。
长躬不起纵横泪，心碑高树在人间。

（2003年4月6日叩笔）

济南客居

（一）

天是同片天，月是同弯月。
随风故地来，曳步影无缺。
曲桥听鸣泉，亭台赏花榭。
幽径枝牵衣，翠竹画中斜。
客居无点愁，异乡也亲切。

（二）

心中春常在，身外芳草天。
仰观云漫舒，俯听风缠绵。
独思情有依，孤旅意弥坚。
此生惟自重，巍峨看青山。

（2003 年 3 月 12 日）

春 意

秦地煦阳春花狂，清风绿浪燕成双。
良辰尽览云带雨，谁人无羁笑沧桑。

（2003 年 3 月 10 日）

自 嘲

无霜无雪也觉寒，云重天暗两相残。
勤耕日月求温饱，苦历春秋盼甘甜。
诚恳为人多聚友，谨慎处事少添烦。
可怜冬月十九日，滴水萦萦枉自堪。

（2002 年 12 月 19 日）

杜陵行

阡陌绿韵杜陵秋，翠华峰回任我游。
一朝身为山中客，便解尘间百般愁。

（2002 年 11 月 12 日）

题友人夏晨赴王莽千亩池塘观荷

千亩池塘绿夏晨，细雨初停入虹门。
娇媚百态真仙子，喜煞掌镜观荷人。

（2017 年 10 月 16 日）

立春

长安雪韵起春潮，风轻日暖人逍遥。
彩灯碧染曲江夜，一抹融冰看柳梢。

（2018 年 2 月 4 日）

春望

春色澄明柳如烟，高楼临风望南山。
峻峰逶迤俏绝顶，清溪婉转秀丽川。
浩歌狂劲震十里，甘醇缠绵醉百年。
玉蝶不问荣枯事，恋花双飞情满天。

望月

仰头月色软，泽被御苦寒。
且待年盈尽，皓辉天笑圆。
静绽微澜处，青葱伴无眠。
君心怜仙子，天光照童颜。

（2017 年 12 月 30 日）

第二编

散文

初　雪

元旦之后，小寒之前，望眼欲穿的雪花，终于随风入夜，飘飘洒洒君临古城，以至于晨起走出户外或凭窗眺望的所有人，都几近于欣喜若狂，或仰面开怀迎接满天雪花的洗礼，或忘记年龄忘记矜持，在雪窝里来一次难得的任性撒欢。雪景和赞叹更是在一望无际的朋友圈里狂热爆屏。

冷艳而热烈的初雪！

清醒又陶醉的世人！

沿着雪花美丽的足迹，走过大街小巷，穿行园林楼宇，驻足名寺古刹，流连城墙城河，我在虔心寻找雪韵、雪心、雪魂……

每一次快门的闪动，都是我与雪无言的对话；每一张仙姿倩影，都是雪与我心声的表白。

她是孤傲纯洁的，任世间色彩缤纷乱迷眼，始终如一晶莹洁白。

她是包容坦荡的，为万物随形生韵，从不自我张扬。

她是善良无私的，虽滋润天地生灵，却来有形而去无踪。

最重要的，她也是花，多情而美丽的花，带着生机带着祝福漫天开放，还有比她能更让所有人观赏的么?

如此可爱的初雪，是否也凝注了你的双眸，颤动了你的心弦！

（2018 年 1 月 6 日）

看着一座高楼生长

我看着一座高楼从下种开始，生根发芽，长成钢筋水泥的大树。我不是种大楼的人，只能站在棚户住宅的窗口，以钦羡的眼光，怀揣热烈期望，看这大树攒着劲拔节，声声悦耳。

侍弄高楼的人从前侍弄庄稼，懂得季节轮回的语言。脚手架上，臂膀紫铜而有力，汗水流多流少都淹没不了干活潇洒的身姿。所有辛苦和疲累，从嘴角斜叼的烟卷里，汩汩地冒走，飘成头顶舒展的彩云。

傍着大楼的小毡棚里，装不下娘们的笑声，乡野情调恣意往四处漫溢。灶火通红炊烟袅袅之后，朝高处大吼一声，销魂的腔调里，便有一群雄性的狼吞虎咽，将粗糙的饭食，吃成满碗满碗的惬意。半成阳台上，各式未洗尽汗渍的衣衫飘摆，渲染家的气氛。独身出来的汉子们，瞅一眼就心热，从枕下抽出黄铜唢呐，鼓圆腮帮，把个“兰花花”吹得山响。

我看着大树长成，枝枝杈杈上，都筑起温暖的窝巢。棚户之民如浪涌来，把抑郁已久的心事，从一扇扇洞开的窗户挑出，绽放得花花绿绿。这是收获的喜悦，而播种者却黯然。他们背起铺盖卷，去寻找另一亩“田垅”。回眸，眼眶里泪光闪闪。

“兰花花”又起，迁徙者的脚步，踩颤了城市的心房，踩出了城市的绿韵。

（发表于 2007 年 2 月《散文诗》）

真诚

一

雨天路滑，一骑车老者不慎摔倒。恰有出租车驶于侧，急停。司机赶忙下车扶起老者。路人怒目曰：“咋开的车？”老者摆手道：“全是我的责任！”司机叮嘱说：“年岁大了，骑车小心些。”虽凉意浸人，却心里暖热，真诚使然。

雪花纷飞，小孩子在母亲前面活蹦乱跳地跑，脚下一滑，四肢朝天，不待急扑过来的母亲相扶，他已翻身站起，并执意拉母亲绕过他摔跤的地方，说：“走这儿会摔倒的！”孩童稚拙，观者不觉其拙，真诚使然。

二

真诚是人间真情的催化剂，是开启心灵大门的金钥匙。是心与心沟通的桥梁和纽带。她出自天然，如千曲百折穿林过崖的潺潺小溪，自洁来还洁去，清澈透亮，纤尘不染。她不存芥蒂，只要相逢，便产生共鸣，一见如故，相逢恨晚，即缘于此。她能消除壁垒，封闭再严的心灵大门，只要用真诚之针轻挑，便会豁然洞开。换了这针，你用斧子去劈，用铁锤去敲，也是枉然。她可化解冤仇，怒目相向时，有她就风和日丽；干戈力敌时，有她，便玉帛人和。

三

林子大了，什么鸟都有；世界大了，什么人都有。于是，真诚便往往被有些人做了外衣。所谓金玉其外，败絮其中。商场里，那“真诚”温馨可人，当钱袋瘪了的时候，才恍然大悟，原来自己是天下冤大头第一。至于未能领受那“真诚”而遭白眼、受挖苦的境况，就更是多多。人场里那“真诚”忠实厚朴，有如猫的舌头轻舔脚踝手背，酥酥痒痒的舒服。当猫也变成人，需要舒服的时候，主人不定什么时候会被它猛咬一口。由是，人生便有了额外的苦累，下火车有人真诚地想帮你拿行李，你却怕他拿走了行李；家有难事，有人真诚地想帮你解难，你却怕他带走了和睦与幸福。由是真诚便被蒙上了黑白莫辨的色彩，甚至被别的什么“真诚”戕害得躲在墙角里哭泣。

我们爱真诚但怕她背后跟着功利交换的原则。

我们爱真诚但怕她背后藏着刺探猎取的眼睛。

可爱而又可怕的真诚呐！

四

人间最是真诚好，连最不真诚的人都希望别人对他真诚。只是他忘记了，得到真诚是以奉献真诚为前提的。否则，他虽可因对方的天真而得之于一时一地，但绝不会得之于永远。小时候课本里有狐狸和鸡的故事，虽狐狸“真诚”到了家，鸡还是认清了它的面目，世界是大家共同的世界，没有任何一个人可以离开别人而独自生存，也没有任何一个人永远能支配别人。因此，谁也不要去玷污真诚。种瓜必然得瓜，种豆肯定得豆。

五

大千世界，芸芸众生，愿每个人都活出真诚的自己，真实的自己，不要看着别人的脸色做事，不要看着别人的嘴巴说话，不要因了功利的目的而廉价地出卖了自己。

愿人间真诚之花盛开。

（发表于 1998 年 9 月 13 日《西安晚报》）

两棵桑树

楼前的两棵桑树，主干粗壮，树冠硕大，枝条虬曲有致，以我对树的认识，估摸至少已历三十多个春秋。我不明白，在这泱泱古城里，梧桐、雪松、中槐以及各种观赏花木，占尽了风骚，是谁将这乡土味十足的桑树栽植这里，竟还根深叶茂长到如今。也许物以稀为贵，人们才分外珍爱它吧。

闲来无事，我总爱踱到桑树下。每每脑海浮现出“狗吠深巷中，鸡鸣桑树巅”，“雉雊麦苗秀，蚕眠桑叶稀”那如诗如画的乡野意境。我依着它看书，望着它出神，觉得城市纷繁的晨曦里，充盈了自然的灵气。也有时，抚摸它粗糙的皮肤，体味着生存之艰。

说来有缘，从记事起，我最熟悉和钟爱的树木就是桑树。那时，我家后院里有五六棵大桑树，每到桑葚熟时，这里就成了小伙伴的乐园。他们像喊喊喳喳的喜鹊，上树摇的，举竿儿打的，在地上捡的，一律紫红着嘴巴，水灵灵黑里透红含在嘴里酸甜醉人的桑葚，实在让我觉得它就是上天赐予的神果，只要一说起来，都会口水连连的。但有一条，采桑葚不能折桑枝，否则就会遭母亲训斥。年岁稍长，我才听母亲说出个中缘由。早年家里穷苦，每年春上就闹粮荒，多亏这些桑树，绽芽长叶，养蚕结茧，纺丝织绸，换来了粮食，才使家人度过青黄不接的日子。虽说庄户人有前不栽桑、后不植柳的讲究，说法上充满了神秘的迷信色彩，表现的却是看重桑树的真情，植于后院，免遭损毁。从此而后的几十年里，无论环境怎样变化，生活如何充裕，对桑树我始终怀着别样的感情。

我痴恋这两棵桑树了。从这里，能回味到母亲的慈爱，感受到儿时的欢乐，一种都市遇故知的感慨也不时在心头浮泛。我想，多年不吃桑葚了，还那么味美诱人吗？从芽苞嫩黄，桑叶油绿，到枝杈间一嘟一串的桑葚，绿生生的，淡淡的黄亮，红了，终于圆润而黑紫，这正是最好吃的时候。我俯身捡起地上熟落的几颗，托在手心半晌，轻轻放进嘴里品咂，好酸甜清爽啊。又去另一棵树下捡几颗，更肥大诱人。抬头看去，每片叶子都比那棵的大了许多，赶紧捏一颗放进嘴里，却是淡而无味，连尝几颗都是如此。不由惊叹，同样的两棵树，蕴含却不同，中看的不中吃，中吃的不中看，各有各存在的合理性。这究竟物伦还是人伦？

酸也好，甜也好，两棵桑树都将自己的爱心奉献给周围的人们。于是班前饭后，树下热闹了，采摘桑葚者甚众。生活在城里的人能吃上这不入水果行当、上不了席的乡间鲜果，当然是一种愉快的情趣，但桑树可就遭了殃，经几番摇晃攀折，枝叶狼藉满地。我想，食桑葚者亦如我们嬉戏于当年的乐园，可我分明又感觉受到了伤害，众人离去后，我郁郁地徘徊树下，发现往年的枝条也瘘节累累，是桑枝、树皮一再受损的遗迹。可怜两棵远离群类的桑树，是怎样在年复一年的摧折中长到如今的？那晚，我在树下依坐了很久。

又几日，见两树桑葚愈发诱人，黑紫欲坠，在绿叶丛中楚楚地动人，却不见有采食者。原来树干上贴了黄色纸条：已喷农药，小心中毒。我禁不住乐了，谁人出此高招，叫这桑葚看得却吃不得了。树上是否真喷了农药，不得而知，也无须去知道。只这近乎恶作剧的护树人的心机和美意，着实令人敬佩。这树所以能历经几十年风雨而不衰，除了自身旺盛的生命力，肯定也得助于如同此公一样作为的护树人的功德。

我爱春天，爱这个季节里芳草萋萋、百花争艳、绿树成荫。但却怕这两棵树抽芽、长叶、结出桑葚，怕这感情归依的所在再受滋扰我会承受不了。可几阵春风过后，它们还是抽芽长叶了，过些日子就又会结下满树黑里透紫的果实，又一次重复生命的历程，留下一圈浸透风雨的年轮。我的心境如何，丝毫也影响不了它们对人类奉献的情怀。我忽而觉得这两棵桑树也伟大呢，它们不因生存环境的艰难而自艾自怨，郁哀萎靡，而是充满了坚韧充满了自信，既然站在这里，就不避艰难坎坷，毅然撑起一方亮丽的蓝天。于是，我释然了，人生不也该如此么？当然，淡淡的哀愁还是有的，是树？是人？我说不清。但有一点可以肯定，桑葚熟时，我会以自己的方式呵护这树的，也呵护我久久珍藏的那一份感情。

（发表于 1998 年 8 月 20 日《西安晚报》）

心境

这是张地道的全家福，一九九四年五月拍摄于户县县城街心花园。一个儿子一个媳妇，四个姑娘四个女婿，还有五个花儿少年，十五颗大的小的远的近的星围着捧着的，自然是两位祖宗了。是日春阳融融，微寒中透着复苏的清爽，身在此境，人由不得就要精神起来。又是最隆重的年节，又是难得的天南地北奔聚一处，每个人脸上便都挂着掩饰不住的笑意。见过这张照片的人都说，瞧你们这一家子，真让人眼红。其实谁又能知道，为了这美好的一刻，全家人曾经历了怎样的痛苦和沉重！

照片中的老先生是我的岳父，庄重、慈祥、温厚、开心喜悦又流露出些许倦意。他终生躬耕于山乡校园，桃李满天下是自不必说了。六十荣退，经儿女们百般努力，终于可以了却心愿，由他乡回归故里，每每言及于此，自豪与愉悦溢于言表。一切事宜安排停当，只待择日动迁。然而，癌魔气焰嚣张地拦住了他的去路。岳父被推上了手术台，漫长的八个小时，大家在外边守候，每分每秒都如锋利的锯齿颤抖着从心上拉过，但我们在一分一秒地捱着。手术成功了，所有人心上的石头落地。陪护期间，我们违背医院规定偷跑进监护室看刚下手术台的他而遭医生严厉训斥；晚上家属必须离开病房，为了能留下来陪他而在护士查房时躲进厕所里个把小时；在单位和医院两头奔波，晚上实在熬不住，病房里十几厘米宽的窗台上也可眯上一会儿；扶他换药，进餐，起解，他没有吭声，我们却心中痛得头上直冒冷汗……所有这一切，没有谁指教或强迫，是心灵和感情在驱使着。

经过一年的诊治、调理和呵护，岳父逐步康复如初了，他重抖精神走出了阴影，我们大家也从阴影里走向阳光。于是，在他患病、治愈一年后的一九九四年春节，便有了这张几经磨难来之不易的全家福。今后，我们可能还会再拍这样的照片，但再好的心情，再美的背景，也无法取代它的位置。我们说，好人多遭难，老爸晚年实在不该遭此不幸，不然……然而又错了，老爸却说，这是大幸，不然，怎么会那样真切、具体地感受到儿女的爱心孝心，那样真切、具体地感受到生命的珍贵、幸福的重量！

我珍惜这张照片，每抚着它时我总在想，人人都渴望圆满，可谁又逃离过残缺？人人都渴望甜蜜，可谁又逃离过痛苦？人人都渴望轻松，可谁又能逃离过沉重！

（发表于1997年2月14日《陕西日报》、1997年3月10日《文摘周报》）

新年夜语

没有飘飘的雪花信使，没有剔透的冰凌挂灯，在西北风浑浊的喧嚣声里，新年翩然而来。此刻，我独坐斗室，听岁月的跫音静静地从心上流过，那前不见头后不见尾严丝合缝密不透风却又分明耀闪着亮点的神圣交替，让无波无惊的思绪骤然涨潮，随着案头橘黄柔弱的灯光弥漫整个小屋，又挤出每一个不能再小的空隙去拥抱夜的大地和天空，企图敲响所有的窗棂。潮落了，我听到的却亦然只是自己心灵的回声。

老母安在？在被庄稼地包围着的遥远的小村。也许她正就着暗淡的灯光看蜘蛛在墙角结网，也许正艰难地数着窗外的星星。娘啊，您在苦苦思念，儿也在阵阵心痛。儿知道您一世刚强，从不仰人鼻息，虽已七十古稀，也绝不甘心就这样被命运彻底击倒在病榻，从此有躺无立，缄口不语。但上苍安排只能这样，您是多么地无助无望焦急与委屈啊！原来每每回家，儿围着您的锅台绕着您的纺车坐在您的炕头，静静地听您没完没了的絮叨，直到离家的前一刻，您觉得畅快，儿感到高兴。如今轮到儿给您没完没了地絮叨了，您静静地听着，或睡去，完全没有了焦躁不安。多说话儿不怕，最怕离别时您的哭声泪水和需要一点点分开的紧紧牵着的手。此时此刻，您的心碎，儿的心碎，泪眼迷离踏上长路。您的手牵着儿的心，越远越紧，您的泪浸着儿的心，愈久愈深。好了，在这该归未归的夜里，您睡不着，那就听儿在遥远的他乡唱支歌吧，歌有翅膀，它会飞到您床前变成儿的呼唤和絮叨，揩去您脸上的忧郁。您听不懂新词，就用儿小时您教的歌谣吧：“红公鸡，绿尾巴……”“咪咪猫上高桥”，“月亮月亮光光，海棠河里洗衣裳……”

隔壁传来妻的呓语，披衣轻步过去，按亮床灯，她竟甜甜地笑呢，甚而出声。以为她笑我刚才的幼稚，推之不醒，知她是在做梦。梦见什么了？不在同一个梦里，当然无从知道，可还是为她的梦而高兴。看妻的两鬓，已藏了些许白发，也有皱纹悄悄爬上眼角。为人妻真是不易，从姑娘到少妇，再到母亲，便就将自己彻底织到了网中。丈夫、儿子、家，三个鲜亮的光点，位置次序可以不断变换，但构图只有一种——没有起点没有终点的圆。富有爱心的妻们，往往忽略自己的位置，对圆的运动和点的变化做全方位关照，或推或拉或放或收，让圆顺利地滚过岁月的坑坑洼洼且愈加光彩，让点健康地实现自身和社会价值且愈加夺目。也有不慎不善和不力者，把圆弄成了凹陷、突兀或各种三角形，再用力只能踉跄着前行，甚或倒退和解体。当然，点的通力合作或故意作怪也关系重大。个中奥秘全仗对情、缘、理三字的体味。这是打比方，话头收回来。妻虽付出了青春的代价，然而她是成功者。她的炊烟，总让我感受到家的可口；她的夜半等归的灯光，总让我感受到家的温馨；她手头干不完的活计，总让我感受到家的充实；她善待老少邻里的作为，总让我感受到家的和睦；郁闷时她的依傍让我感受到家的力量；得意时她的告警让我感受到家的理智……娶妻若此，夫复何求！我轻易不奢说爱情两字，藏在心里的东西挂在嘴上极易变色变味。但我想说，既为人夫，就要给予妻子把三点转圆的权利与力量。婚姻和家庭既可以是爱情，也可以是契约。是爱情就让爱情的阳光普照，有契约就让契约的和睦长存。

妻子依然甜睡，一侧是日渐长大的儿子。儿子幼时像妻，现在愈来愈像我了，从外形到性格，只是比我多了活泼和洒脱。我俯下身去，在他额头深深一吻，权作对他新年的祝福。他的路正长，对他的话也长，有的是机会。

元夜已深，新的一年新的一天正在孕着，即将分娩。谨将这心语献给所有的母亲、妻子和家庭。

（发表于 1996 年 1 月 5 日《陕西日报·周末版》）

我的高中时代

我现年近不惑，论经历可说是半世沧桑了，难忘之事已属不少，但最为刻骨铭心的，当是上高中的那段时日。

我出生于关中腹地周户交界的一个小村，是两县的末梢神经，偏僻落后自不必说了。七十年代第一个秋天，因为根梢都“红”，我被推荐上了高中，目不识丁的父母高兴极了，捧着我的通知书直抹泪花。上学那天，母亲拿出一套熬了两夜缝好的新衣让我穿上。衣裤都是家织黑粗布，捶得明光闪亮。放平常，这样硬铮的衣服我是不穿的，要先拿到河边粗石上搓得发毛，但看着母亲发红的眼角，我顺从地穿上了。那年我十五岁。

学校在五六里外的镇上，对从未离开过家的我来说，就像远到天边。所以刚去一段时日，没空就往回跑，母亲先是高兴，继而劝说，接下来就是训斥了：“没事别往回跑，没出息的东西。”有次回家，彻夜大雪，早起一看，路上积雪盈尺，只得拿张锨边铲边走，及至学校，误了两堂课，受了老师批评。我想想也是的，往后尽管想家，不到周六是绝不回去的。

吃和住是人生两件大事，学生也不例外。我的高中生活，偏就在这两件大事上饱受磨难。我们学校是新设的高中点，还在建设中，只有教室没有宿舍，这样，几十个住校生就只得白天把被子打包堆在教室后边；晚自习后，七手八脚把桌子拼起来，教室变成宿舍；早读前又赶快把被子堆起来，宿舍还原成教室。夏天还好玩，冬天就难熬了。大窗子都用纸糊着，西北风嗡儿嗡儿地吹，一处破了，满屋子就成了风洞。尤其我一床被子，铺半边盖半边，常常是身子蜷曲不伸展，只恨长夜漫漫。夜尽天明，同学们又都忘了夜里的窘困，欢乐笑闹。我说，我们整个一群寒号鸟。

学校开始办有食堂，自个儿带粮，每月三块钱灶费。吃住如何且不去论，至少三餐还不空过。后来炊事员不干了，我们便成了没“娘”的孩子，全班四十五个学生轮流上灶。轮到女生那是大家的口福。轮到男生，做饭的受罪，不是面擀得七疮八孔，就是灶洞里有烟无火、熏得涕泪长流；吃饭的也受罪，生一顿，熟一顿，饥一顿，饱一顿。不过也有乐，十五六岁正是起哄玩闹的年龄，大家也就乐得一天玩闹他三次。再后来，灶撤掉了，我们住校生每天就只能得到三次开水供应。每周从家带一瓶酸菜，背一兜麦麸拌苞谷面蒸的窝头。饭时，用开水冲泡一碗麸面糊糊下肚，说不上饱， 也说不上不饱，只知道程序已过。那时兴请老贫农向学生忆苦思甜，其实我们顿顿吃的是忆苦饭。当时有个想法，现在说起来还脸红，看到有的同学吃麦面苞谷面两掺的白馍头，真想趁他不在时拿一个尝尝。

苦也好，累也好，终于熬到了高中毕业。曾传说这一届要参加高考，到毕业时只是个传说。毕业典礼上，学校给每位毕业生送了件礼物——一张铁锨。当我背着被子、扛着铁锨站在父母面前的时候，我哭了，他们也哭了。这泪，洒在我人生迈出的第一步路上，纷纷扬扬。从此而后，我不能忘却这泪，却不再流泪。

如今，我的儿子也已上中学。我对他说起我上高中的事，他总是撇一下嘴说：“别再编你的神话了！”面对他的不信与不屑，我终于无言。是的，我的“神话”应该休矣，我为他生逢其时而高兴。儿子的身上虽流着我的血脉，但他不是我，他的路，在他的脚下！

（发表于1995年1月14日《陕西日报·周末版》）

锁住了自己

我的住室虽然狭小，但它毕竟是一方平静的港湾，它给了我安宁和惬意，让我焦躁的心灵得以休憩。然而，最近我却越来越不放心这屋子。上班离家，总担心窗未关好门未锁牢，往往走出去好远，又折回来推门。儿子说："你怎么神经兮兮的？"儿子说得不错，可我没有办法。楼顶一户邻居前不久大白天被盗，弄得全家凄然。下来是否该轮到我呢？我不停自问，难免惶惶然。"君子"入户，倒不怕失了钱财，因为没有。唯一所虑，就是这清静港湾里的水被搅浑了。

于是，我开始下锁的功夫。室内两道门，各加一把，又去商场里几经选择，购得一把专利并为所有用户投了保的"超保险门锁"，在大门上复加一道。锁装成，惯于提笔的手，起了血泡。至此，两位铁将军把门，里外三道设防，不说固若金汤，于心理上却是牢靠多了。有位朋友来家，说："你这锁真是气度不凡呀！"我笑笑："要的就是这个。"尽管也听出他的话有些弦外之音。自此以后，离家时我很坦然，神经质亦不治自愈。

时隔不久，到底还是出事了。那天，有朋友要自远方来，我早早请了假，匆匆赶回家里。到得门前，"哐当"打开第一把锁，好轻快，嘴里哼着小曲，开第二把，钥匙插入锁孔，拧而不动，加大力度，动了，门未开，钥匙却只剩个屁股，大半截断于锁孔里。我立时傻了眼，急急找来镊子，几经努力，终于未果。又请人架梯于楼外，破窗而入。才记起二道门依然上锁，无法到大门跟前，只好原路退出。无奈，两人合力，用劲撞开门顶风窗，爬了进去。所幸钥匙断时，已解除了倒锁功能。门打开了，我却瘫坐地上，半日无语。自问，这又何苦，防来防去竟先防了自己。眼下还没功夫叹息，赶紧起身收拾残局。朋友到，终于不能尽心，甚觉无颜。

我锁了一回自己，让我这个已到不惑之年的人似又长大了一截，凡事便都看开了。回家里，闹中取静，自然还是满屋子惬意；离去时，坦坦的义无反顾。我想，锁，其实只是一种象征，俗之谓锁君子也。有人能把它做得牢固非常，必也有人能破了这牢固。或者如前所述，过分的复杂牢固，于人难，于己也难呢。世上本无事，庸人自扰之了。何必要锁住自己呢！

（发表于 1994 年 10 月 22 日《陕西日报·周末版》）

清　明

四月的天空低垂着，温柔又沉重的云朵，凝着泪。

风儿你别吹，柳枝儿你别摆，别让清凉的雨丝儿，湿你的衣裳，湿我的额眉。

风儿还是吹了，从辽阔新绿的田野上穿过，几分调皮，几分幽怨，轻叩我的心扉。

柳枝还是摆了，一抹鹅黄如烟，朦胧了远山近水，也朦胧我成凌波之鸭，深勾着头，打捞悠远的记忆。

雨丝儿也终于落了，千针万线，连缀天地的裙裾，有幽灵在草叶上滚动，在花蕊里晶莹，在我的眼睛里，涨落潮汐。

是了，这是苦读人生的日子。

无须太阳高举明灯，不必眼睛释译符号；手也闲着吧，沉重的书页，不是蘸点口水，就能轻轻地掀去又翻回。

灵魂旗帜高扬的时候，用心才读得懂它的含义。

精致的花圈，在纪念碑下，如歌的行板大颂功德。

珍贵的贡品，在陵墓前，氤氲溢香飘成仙气。

荒冢枯草又绿，几锨新土，一团纸灰，有低泣之声揪人心碎。

纪念碑昂着头颅，墓园炫耀富贵，这便是辉煌人生的必然结局？

枯草又绿的座座土冢，嘈杂的鸟雀，可是在啼唤：渺小，伤悲？

地下亡灵，是否也如人间次第森然。你在阳关大道上悠悠徜徉，他在遥远的地方跋山涉水；他高坐殿堂品茗谈笑，你背负日月累筋失髓？

活人的排场是亡者的悲哀，竖在心里的，才是真正的丰碑。芸芸众生托起了不沉的世界，我的顶礼化成啼血的杜鹃，为每个真诚的灵魂，唱人生无悔。

啊，清明是人的节日。带着沉重而来，去时就变得清明了。请你，请我，请他，穿过蒙蒙雨丝，走向春光明媚。

（发表于 1994 年 4 月 7 日《西安晚报》）

高冠之夏

户县的高冠瀑布景区，我是去过的，时在阳春。站于观瀑台上，东南西三面皆山。嫩鲜的野草狂花，蓊郁的杂果松林，逶迤的奇峰峻岭，由低而高，由近而远，次第成美丽壮观的背景。移目北望，高冠峪豁口之外，平畴万亩，翠绿的秧苗随风波动，令人心胸顿为开阔。再静静地观瀑听涛，觉得便是仙境中的仙人了。

我曾由衷赞赏：高冠之美最是春。然盛夏时又去了回高冠，心境有了完全的改变。

是一个周末，几位故旧相约，去高冠赏玩。几十里劳顿，到得高冠，热极累极。朋友们都跳进瀑外的浅潭凉快去了，清流浴身，坐观飞瀑，好不惬意。而我以为，瀑布乃高冠胜景的极致，宜当压轴戏看，便先独自来到上游河床开阔地，找块平坦的大石坐下来，脱去鞋袜，将双脚伸进齐腿肚深的水里，只觉一丝丝凉意，从两只脚心柔柔地向上弥漫，至心脾，至大脑，至全身每个地方。有小鱼秧在脚踝间自在游动。撩起水花，淋在腿上、胳膊上。于不经意间，心宁神定，已然出世的感觉。这段河床，是石头的世界，有的孤零零横着，状如卧牛；有的平展展躺着，水流其上；有的仄身，有的躬首；有的三五叠垒，你拥我抱的热烈。但均硕大而无棱角，且底部大多勾连。看样子，原来也许是整块巨石，现在模样得之于流水的造化神功。至于那些了无根基的大石，则如云游的和尚，是随缘而来，亦将随缘而去。河床里石呈异状，水便奇流，一会儿从高处跌下，淙淙有声；一会儿在石上漫流，悠闲自在；一会儿七弯八拐，又撞上巨石，急急地打着漩儿，聚成洼，淘为潭，浅可没膝，深能淹顶。异石奇水之上，便是如织的游客。五彩伞下，情侣相依，双足戏水，细语呢喃。流水平石上，三五好友团坐，啤酒泡沫的升腾里，海阔天空地聊。红黄白蓝色块相间的气垫子轻悠悠漂浮着一个家，夫妻并排地躺着逗笑，儿子或者女儿趴在边上，伸手捡捞好看的石子。一对入时的男女挽手而来，男下水了，女站在大石上不肯下去，说怕石子垫脚，男顺手一抻，女扑倒，站起来，浑身精湿，不怒不恼，双双笑作一团。两山相夹，河床是在谷底，各式泳衣、泳圈，花花绿绿地灿烂，令人想起夏日热闹的海滩。其实这里就是海滩呢，只是连绵高耸的波浪凝固在瞬间，展示它的雄奇给你看。如果涌动起来，观海比得了么！

来这里游玩的，大多是城里人。附近山村的男女老幼也不少，他们却是另外的一景。一处较大的水洼里，淹浸了许多西瓜，中年汉子捉刀提秤，笑眯眯坐在石上，若有谁招手，即捧了上好的黑籽红瓤西瓜送了去，凉沁沁的甜蜜。小吃摊点多极，错落着摆置于水洼、水潭边上。最看好的，要数浆水凉鱼和煎饼夹辣椒炒鸡蛋，坐在水里只需伸手，便可尝鲜、饱腹。下水更衣是不用愁的，竖杆上吊一方桶状帐子，只管进去，脱下的衣服递出来，有侍者接住。且替你拉严帐子的接口。如此帐子，能下水的地方都有，色彩各异，微风徐来，飘飘扬扬得煞是好看。侍者有男有女，女客一般用女侍的帐子，等不过来时也用男侍的，更衣状隔着帐子看得分明。在这特定环境里，裸露就是文明，不会有谁介意的。然而乡间老者看不惯，故开这营生的，年轻者居多。山乡风俗的开化，也许就始于此。

高冠以瀑闻名，虽不能与黄果树之类名瀑相比，在地近西安的景观里，却也以其天成的峻奇险要和秀逸飘洒，占尽了风骚。在上游观玩已久，我便提了鞋袜，赤脚踩着滑溜的石头，步步期盼，去领受景“眼”的绝佳风采。登上观瀑台，却大失所望。上次来游，正值汛期，又刚下过雨，水极旺，置身台上，相隔十数米，亦水花飞溅，冷风扑人。俯看，瀑流迅猛注入深潭，激起浪柱丈余，涛声如雷，不禁令人壮怀激烈。而此时，上游河水懒懒地流来，到舍身崖又似不愿舍身，被后面的推着搡着，才极不情愿地跳下去，悠悠然注入潭里，全没了醉眼观瀑、梦耳听涛、痴心逐波的意趣。这是天旱太久的缘故。正觉扫兴，忽见瀑流注泻的高冠潭里，有两男士游入，接着一女士携一男一女两个孩子游入。台上有人惊呼：“危险，快上去！”我背上亦阵阵发凉。瀑流虽缓，几十米落差下去，也是力劈千钧。潭深三四十米，呈葫芦状，里面奇石犬牙交错，掉下去，几无生还。近年来旅游季节里，丧身于此者已有数人。故凡知情者，是绝不涉足此潭的。游者诸君许是初次而来，不知其忌，尽管有人惊呼，依然在潭中泳动嬉戏，有一人竟钻入瀑流之下，半天不见冒头。我身旁一老者大惊失色，连说不好。话刚落点，游者鱼儿一样在潭的另一端出水了，众人皆吁口气。但见游者又将挂泳圈的男孩推入瀑流之下，身旁老者以袖掩目，跺脚离去。潭里诸君艺高人胆大，可终究是险地呀。我离开观瀑台，匆匆穿过滴水洞，下到瀑外平石上，欲加劝阻。也许他们玩得尽兴了，都上来休息，定睛一看，竟是我们同路的几位。我惊魂甫定，他们却满脸凯旋的喜色。有朋友责怪说，你们也过于大胆。游者不屑：这不很平安么？凡事不能被吓住，没有点闯和冒的劲头还行！虽是玩笑的话，我却听出，他们下潭探险，是成竹在胸的，想想刚才他们在潭里自信自如的样子，愈觉如此。忽又想起王安石老夫子的话：“世之奇伟、瑰怪、非常之观常在于险远，而人之所罕至焉，故非有志者不能至也。”对下潭游者的埋怨遂转而为敬佩。我也斗胆下到潭外的深水处，和朋友们一起戏玩。臂搏清流，仰观飞瀑，自己便也是高冠胜景的一部分了。虽是炎阳直照，却清清爽爽地生动，瀑不宜人人自宜啊！

如今我要说，高冠之美最是夏了。春之高冠虽美，可你只能是旁观者。夏之高冠，则可完完全全地融入。高冠以水名，水敞开怀抱，你也无须矫饰。你就是景，景就是你。人、情、景、志的高度一体，不正是观景的最高境界么！

（写于 1992 年 8 月 11 日，发表于 1993 年 7 月 20 日《西安晚报》）

新城二月天

儿子要放风筝，我很赞成。往年每入春，他都和伙伴们在绿毯似的麦田里驰骋撒欢，让风筝把一颗多梦的童心，飘悠悠驮上蓝天。这时，我就是他最热心的观众。可移居都市后，到处高楼大厦林立，人如蚁挤，小小的要求竟令我无奈。窘困之际，忽而想起新城广场。古都方圆几十里，不须掏“买路钱”、不担心被人诘问的宽阔的好去处，还真就此一地呢。于是择定一个周日，父子俩几经塞车之苦，喘吁吁地赶了去。

广场阳光朗照，却不显暖和。风儿飕飕地吹拂，清爽得很，些许凉意，又不时让人将手插入口袋。广场中央的音乐喷泉缄口不语，池里的水无惊无波，是只清亮却不会转动的眼睛。两边的草地依然满脸倦容，看不见枯叶间有鹅黄的芽尖。省府大厦威严而静静地耸立着，没有往日小车热闹地进进出出，似在沉思默想，那注视广场的神情，让人想起高深的哲人。你也许觉得此刻的广场落寞而索然无味，那错了，自然风光的逊色，反倒成全了这里最具魅力的景观，那就是人。

广场上的人密密匝匝，挥手牵线，举头观天，嬉笑喝彩之声不绝于耳。头顶蔽日鸟群样的风筝，也似善解人意，低飞高翔，悠悠然逗你呢。觉得轻松、欢乐、祥和及一种不可言状的青春活力，弥漫在广场的每一处空间。古都商潮叠涌，一个“钱”字，绷直了多少人的眼光，时间就是财富啊，可还是有这么多人携妻将子来此潇洒。护栏上倚坐着一对夫妻，都珠光宝气的，想必是商界的宠儿，一搭讪，果然是。“星期日可是黄金时间，舍得？”我问。女的说：“为了儿子呗。”男的说：“钱挣不完，人有寿数，世上的事，比钱重要的还多呢。”说得随便，感觉却特深沉。

儿子是什么都不用想的，他早牵起风筝，没入了欢乐的人海，乘风作浪呢。我已走过了多梦的季节，激情难涨易落，依然静静地观光。放风筝的人，若在乡村，定然全是孩子，大人有暇，也不会跟着去疯跑。可这里，你无法说孩子多还是大人多。孩子牵线，爸妈帮忙，飞起了，就笑作一团，飞不起来，夫妻友好地嗔怪，那举止也是孩子状。一位年轻母亲先是把着儿子手放，风筝飘曳着飞高，便得意忘形了，丢开孩子，自个儿牵着风筝满广场跑起来，儿子边踉跄着追赶边哭骂。我忍不住笑了，她也还是个孩子呢！其实，来这儿的人，哪个怀里不是揣了颗蹦蹦的童心。一路看去，但见孩子个个活蹦乱跳，大人一律满脸的坦诚。你碰了我，我踩了你，相视一笑，全没有大街上恼人的喧嚣和世俗的争吵。还能有比这儿更让人轻松自在的去处么？

我在人堆里找见了儿子，他满脸不高兴，说风筝飞得不及人家的高。这里的父母，个个都是子女称职的仆人。我有些愧怍，便也脱去外衣，帮儿子。结果任怎么鼓捣，真不如人家高。天上的风筝，多可蔽日。各种鸟类的形状，还有戏剧脸谱等。不管花钱买的还是自己做的，好看还是不好看，在这竞飞的氛围里，谁飞得高，就荣耀十分。一小男孩，干脆就一块四方彩印塑纸加两条飘带，却飞得几乎最高。他极自豪，别人也羡慕，甚至有的孩子用刚买的精致风筝去换，居然不肯。我理解儿子的心情，说："光不高兴可不好，再飞飞看，什么地方不合适回去改进，肯定咱们的风筝要飞得最高。"儿子高高兴兴又去飞了。对他这懵懂的竞争意识，我当然是要支持的。

二月的新城广场，喷泉无泉，草地无草，可满天的风筝就是春的使者，阳光和鲜花正灿烂在每个人心头。不信？那就领着孩子去看吧，古都的轻松和惬意，全都在这里呢！

（发表于 1993 年 3 月 15 日《西安晚报》）

走进冬天

最后的叶子落下，有一扇门便洞开。

“走进去！”沉重而遥远的老人的声音。

你可以慨然或者幽怨，却无法拒绝。

山瘦了，丰腴温润的奇峻，成为裸露嶙峋的峥嵘。

水瘦了，不再铺张恣肆，紧缩手脚沉默着流动，或者成为细细的一脉，饮之可断，以至于干涸。

树瘦了，无花无果，无叶子精心渲染的朦胧的绿韵，只有皲裂的树干和赤裸的枝条，静静摇曳于西风。

而道路却宽阔，脚下不再有野草闲花纠缠，视线亦无遮无拦，只管迈开脚步。

而天地却宽阔，站在高处抑或低处，都是一览无余，世界因一览无余而简单。

落雪了，挂冰凌了，屋檐树梢山坡平原浑然一片银白，你会禁不住脱口赞叹：真是简单得可爱哟！

那么大地呢？无言的大地包容了一切，他是沉思的哲人。

走进冬天，就走进漫长而幽暗的胡同。听那岁月的跫音，好响，好沉闷。于是，人就成了最耐看的风景。

曾经狂放裸露的躯体，一层层包裹起来，如茧壳，茧壳里那蛹，梦得很甜很深。

相逢，只有眼睛在探寻。而眼睛，或者一片雾的缥缈，或者两汪微澜不惊的泉，任凭别人审视也审视别人。

火炉升腾的时候，心思才在茶壶里喧嚣，围炉而坐的人涨红着脸膛。

瓶底朝天的时候，幽怨才在酒盅里膨胀，饮者以筷击节又歌又喊惊住雪地行人。

而孩子，会去雪窝用木棍支起竹筛捉雀，会去院里堆起怪样的雪人然后怪样地大笑，也会极不情愿走进爱的锁钥，躲在窗后，鼻头贴平了玻璃，看窗上冰花看窗外风景。

旅者却依然在苦旅，意志是坚冰的意志，宣言是风雪的宣言，火红的行装，点亮漫长的迷茫。

冬天的大门洞开，走进去，你就无怨无悔。

世界因一览无余而简单，人却因为世界的简单而繁臃，而深沉。

世界的往复亦是人的往复，人的聪慧是往复的聪慧。

走进冬天，就走进哲思和孕蓄的季节，你也如大地包容一切，并执着酝酿新的憧憬。

那么，请深沉地说一句：我爱！

（发表于 1993 年 1 月 12 日《西安晚报》）

菜园青青

我家的门口有一块菜园，四周青砖砌护，里面畦梁成方，高低错落着栽植了西红柿、豆角、茄子、辣椒、菠菜和大葱。仲夏时节，园里葱茏，各色花开，又有红绿果实藏头露脸于绿叶丛中，引来蜂飞蝶舞，真真儿可人得很。不过实人说实话，用“园”称它，实在是太抬举了，因为满打满算也就上十个平方。也许出于偏爱，在我眼里，它的美艳亲切超过郊区成片成片菜园百倍千倍。其实看世人，亦非我独具此心。譬若松树，院里的一棵，长得粗壮结实，枝繁叶茂，很少有人叫好，而屋里案头浅方形雕花釉瓷盆里的一棵，高不盈尺，虬曲盘错，来访者却无不悉心观赏，大加赞叹。此所谓情有独钟“袖而珍之”吧。于是，我也就昵称这菜园为袖珍菜园。一日，朋友来家玩带了相机，儿子嚷着要照相，妻随便牵了他站在这袖珍菜园里几株挂满红绿果实的西红柿旁，没想到洗出的彩照往镜框中一镶，竟使满屋子充盈着绿色田野里厚朴清爽、馨香诱人的气息呢。再后来的朋友看了，便都借了菜园的背景来照相。来家小住的母亲说“城里人就是怪，放的照相馆不去。”我嘴上附和，心中却为我这天赋之美的袖珍菜园的魅力而洋洋得意。

回想当初这块地方，本是片低洼，积雨水堆垃圾，杂草丛生。前面是漂亮的办公楼，后边一溜儿整洁的家属房，中间夹这么个地方，不雅观不说，每逢卫生检查，就得唤全院人铲除整饰一番，只那杂草总也绝不了根。忽一日，妻说：“在这儿造块菜地吧，想也好呢，美观，实惠，还得耕种之乐。”“主意是好，可这是公家地方，咱借住在单位，别惹麻烦寻不自在。”我极力劝阻。妻凡事自有主张，认准要干的，谁也挡不了。等我下班回家，她已动手铲杂草清垃圾了。连着几日，都是一有空就去鼓捣。我始而袖手旁观，继之心动恻隐，终于不忍独她一人辛苦，就也跟着干起来。经过多日加班劳作，菜园整出来了，土粒敲打得细沙一般，又打了笔直的畦子，还真像那么回事。邻里们看了，也都在角角落落里见缝插针刨地种菜。不管是为了某种平衡抑或是什么效应，结果却是极佳，院里再没有杂草和垃圾的死角了。单位的头儿挑剔地巡视一圈，呵呵地笑了：“真没想到！”

许是妻“得耕种之乐”的话应验了吧。别人下班梦舞场、想牌桌，自打有了这菜园，我们却情牵梦绕都是它。明知未必有多少出产，但种子下地就相思深深，盼出芽盼绽叶盼长枝盼开花，直盼到酸的甜的红的绿的果实蔬菜撩得人心里直痒痒。这是怎样一种兴奋充实激情洋溢的期盼啊！当看到辣椒枝上努出第一个“青鸦嘴”，我竟高兴得孩子般喊叫起来，全没了平日的沉稳持重。第二天就再来看它长大没有，真如小孩子盼过年那般心情。进出家门放着直路不走，总要绕进菜园里转游一圈。妻更是得空就在园里侍弄，有事外出不叮咛我管好门户，却总要唠叨别让菜园旱着了。郊区一位菜农星期天来单位拉茅粪，见我和妻在菜园里流汗劳作，不屑一顾地说：“划得着？”我们笑而不语。论功利的观点，弄这菜园远不及挎上篮子跑趟市场来得省心便当。但哪里的市场能买到我们在菜园里劳作时那份清新、充实、愉悦的感受，以及品尝亲自种植出的蔬菜时那无比自豪的神情呢？满桌珍馐佳肴不会比我们菜园里一根大葱更诱人食欲！尤其每当闲暇，静静地站在园边，晨光初露或夕阳斜照，每株蔬菜的姿形都是那样娇美可爱；微风徐来，绿意涌动，一切的抒情都在那细柔颀长、弯曲前伸的豆角触须上，心儿便也随之飘飘欲仙了。一位朋友喜养花，他说他常在心爱的花儿前一蹲就是一两个小时。当时我很不理解，现在我相信他说的是真话。

我家门口有块青青的袖珍菜园，心里也便有了块蓬勃的绿地，有了人生不断耕种收获的喜悦……

（发表于 1992 年 12 月 27 日《西安晚报》）

山 路

因为公务在身，很遗憾，我失去了徒步登山的机会，可就是坐在越野吉普里，也足以“痛快淋漓”地领会山路的含义。

在山脚下时，停车仰望，那路依河谷蜿蜒而上，直盘至山顶。眼睛看得花了，便竟如一条玉带，从巅峰挂下来，轻风吹拂，悠悠地动呢，那韵致让人兴起，禁不住就想吟上几句，可真行将起来，诗意全跑完了，代之而来是高度神经紧张。坐在车里，看靠山的一边，心里还踏实；若探头看靠谷的一边，深不可测，半边车轮似悬在空中，总担心马上会掉下去，任怎样往好处想，也不能释然。有时从悬崖下穿过，一块蔽天巨石整个悬在车顶，滴水处就是宽大的裂缝，心里默默祈祷，千万别坍塌下来。这都是幻觉、幻想。最实际的，是双手要时时紧抓住扶手，路面崎岖，车身颠簸，稍有疏忽，头上就可能碰出大包，还松不得手去摸一下。

这是通往林场的便道。车行一路，心紧一路。车路尽处，坐下来休息，我才长舒一口气，就问一旁的林场场长：

“这路太难走了，咋不修宽些垫平些？”

他笑了，说：“能这样当然好。可你哪知这里的艰难，修一公里花十几万不说，弄不好还得搭几条人命。若遇暴雨山洪，路被冲毁，又得从头开始，就这搓板路，常通就烧高香了。”

觉出问得唐突，纯是蹲机关的鬼话，我不言语了，便只能在心里从坐车的艰难去体味修路的艰难了。

这时，有几个扛了粗壮圆木的工人，从头顶山岭那边慢慢挪过来，看那圆木的重量，少说也百五六斤，可他们脚下却不见有路，一手扶定了圆木，一手紧紧抓住身旁可以抓住的凸出的山石、灌木枝条，甚或蒿草，或躬身，或坐地，一脚换一脚踩实下移。我的视神经都快紧张得绷断了，而扛木人依然在吃力地、沉着地挪动、挪动……这没有路的山路每时每日都横在山里人的脚下，他们不是辟生地为熟路，每一步都可能是第一次，也可能是最后一次啊！我敢肯定，乐居闹市的人，为做时髦家具而挑剔木料好坏的时候，是绝不会想到这一幕的。

山中归来，我忘不了山路，更忘不了山里人，比起他们，我今后要走的路，都是阳关大道！

（发表于 1992 年 12 月 23 日《西安晚报》）

山中造访

大山阳坡一块稍平的坝上，有一茅舍人家。四野一片葱翠，头顶白云悠悠，似乎伸手就可扯得几片来，很有些仙气呢，行得累了，我便前去讨碗水喝。

门口一男孩逗猫玩，见有人来，便急急回了屋，再出来，身后跟了位老妇人。男孩叫她外婆。

妇人白发如丝，脸上皱纹横竖叠加，似刀刻斧凿般。身板却硬朗，衣着也极利索，看那神气，无论如何与深山老林联系不起来。她慈祥地笑，端起石板上茶壶斟满一杯，说：“快坐下歇歇。”这忠厚和热情，却是地道山里人作为。

不问来由，即赏香茶，我深为感动，便如面对老母。

“我原是成都市人。”谈得熟了，老人告诉我。

“怎么到了这里？”我不解地问。

老人笑了一阵：“男人是国民党的团长，解放那阵儿怕镇压，就逃到这山高皇帝远的地方了。”

我开玩笑道：“逃错地方了，如果去了台湾，最好是美国，如今可就来头大了。”

又是朗笑，“咱不眼红那。瞧，那不是娃他爷，种豆呢。”

顺着妇人指的方向，屋后山坡的空地上，一银髯老人正弯了腰，用板镢刨地。腰间系一小竹篮，随着老人的动作晃荡。竹篮是盛豆种的。空地周围，是蓊郁的油松林。

妇人告诉我，她的三个女儿都远嫁山外，一个还住在县城呢。那男孩是外孙，放了假来山里玩。

“俩孤老住深山，不便，住儿女那多好。”

“谁说不是。三个女儿都叫，可老头不走。他说住了几十年，舍不得这儿的山水、土地、林子，都走了谁来守。他不走，我也不走，我离不开他呢！”妇人脸上洋溢着光彩。

是啊，离不开山水土地林子，离不开赖以战胜艰苦环境的忠贞之情，这不就是伟大的山魂么？！有好男好女流出山去闯世界，还得有好男好女留在山里守家业。望着自豪而安详的老妇人，我心中的敬意油然而生。

精神足了，我得继续赶路。老妇人不由分说往我包里塞儿只煮鸡蛋，一小瓶蜂蜜。“那是自产的，路上用得着。”听着老人的话，我就想起每当出门时，母亲深情的叮咛，不由眼眶发热。

我上路了，留给老人一个深深的祝福。走到院坝下的岔路口，那男孩喘呼呼地跑过来，将刚采的橙黄山杏塞进我的挎包，跟在他身后的猫儿，也咪咪地看着我，我随手捏起一颗放进嘴里，酸甜的汁液立刻涌遍了全身，好爽人啊。

（发表于1992年12月23日《西安晚报》）

闯红灯以后

过钟楼，骑车西行，至一十字路口，欲左拐，红灯骤亮，遂刹车。见同行数人左拐不误，未遇拦阻，以为夜间不必绿走红停，便也左拐而去。未蹬几圈，一位值勤人员自路侧小店出，示意停。

“没看见红灯？”

“看见……”

……

“是故意闯？”

“不，前面人都未停，以为……”

“自以为是！别人闯你就可以闯？”

语塞。心想，刚才为什么要停呢？

“拿证件来。”

伸手欲取，心想不能，给了就得跟他转，就谎称忘带。话刚出，他手已到，上了车锁，拿走钥匙。说：“推到路边，明天来取。”便兀自去了。

因有急事，先是自责，继而求告，均未果。明天再来，恐麻烦更多，只好苦等，也许会罚款了事。

站在路边，既烦，又悔，且恼，却无奈。待之既久，见车辆东西往来穿梭，车灯闪烁明灭，与建筑物上的霓虹灯交相辉映，忽而想起小时候去河沟捉萤火虫，元宵节村口摆灯笼会，郭沫若诗里天上的街市……平素来去匆匆，难得对夜之都市驻足欣赏，今倒因“祸”而得闲情逸致，竟至于想入非非了。

不觉四十分钟过去。

“哪个单位的？”

如实以告。

“证件？”

竟忘了开始说过的忘带，赶紧递上。

“还是乡党，早说早走了。”笑，扔过钥匙。

不由一怔，继而转身上车，也笑了，但觉有些苦涩。

（发表于 1992 年 10 月 2 日《西安法制报》）

笤帚上的高粱芽

新买了一把笤帚放在门后。

刚使过的带水的拖布亦放在门后。

公出几日，归。打扫卫生拿起笤帚，却见其上一片孱弱而白嫩的细芽，长不及寸，颇含生机，心中不由怦然而动。细观之，乃是笤帚芒上残留的高粱粒实所生。

为防新买而未用的笤帚霉坏，惴惴地将其放置于六月骄阳之下暴晒。眼见得一棵棵嫩芽歪头而萎，禁不住生出几许伤悲和惆怅，便道：

“真是自寻短命哟，唉……”

一语未毕，已近绝命的高粱芽居然开口，无力却愤愤然：

“你们人真是可恶！当初不该让我们残留下来，留下来就不该给那么多水分，更不该我们已暴出芽又拿去活活晒死……”

明知这是十足的傻话，把所有的不该换为应该，又能怎样！只是本人生性悯天怜人，听完竟不觉脸红耳热起来。也是的，它们何罪之有？可转念一想，人又何罪之有呢？不过，这事若出在人界，又该如何？遂陷入窘困。

如此区区小事，竟让我苦恼了好些时日。

稍后，心气平和。笤帚依旧是笤帚，每天在尽它的职守。只是笤帚上的高粱芽，总不时被记起……

（1988年6月14日）

拾穗者

麦子已经收割，热闹在场里，快活在场里，满足在场里。如刚刚分娩了一个胖小子的产妇，只留下白晃晃麦茬的田野，在安安静静休息，似又在酝酿新的冲动、新的期待。

提着一大一小篮子的老人和小孩向田野里走来。老的是全白了头发的奶奶，小的是光着屁股的孙儿。他们来了便边走边慢慢搜寻，不时地弯腰，将遗落的麦穗拾进篮里。

他们是拾穗者！是在场里看了脱粒机喷吐兴奋和喜悦之后的拾穗者，是在金山一样的麦堆前乐呵了好一阵儿的拾穗者。他们来拾穗，难道还是当年那饥饿的心理么？

奶奶和孙儿在拾穗，不时地弯下腰。几个往复之后，两只篮子都装满了，只剩下白晃晃的麦茬地在安静地休息，安静地期待。

该回家了，奶奶牵起孙儿的手。刚走几步，她忽又转过身来，双膝跪下去，枯槁的手撮起一把油沃的黄土，捧起来嗅着，嗅着……然后，让土粒从指缝间一点点溜下去，然后咯咯地笑起来。

空荡荡的田野里，悠悠回荡着拾穗老人和孙儿苍老童稚的笑声。

此时此刻，晚霞似火，奶奶牵着孙儿的手踏上归路，夕阳把他们快乐的身影拉得很长很长……

（1988 年 6 月 19 日）

文竹

我的住室窄狭，窗台也极丑陋，几处掉砖的地方用泥巴胡乱抹着。有友人来访，说：“何不养几盆花？有花则室雅，室雅则心安，更何况老兄是终日舞文弄墨！”之后，竟亲送了一盆文竹来。虽说我性情恬淡，既不喜在墙上挂了名人字画以附庸风雅，也不喜花呀草呀闲赔功夫，最大的兴趣是埋头在书堆里。但既是送了来，友情为重，岂有推拒之理。于是，我那丑陋的窗台上，便破天荒出现了一盆文竹。

妻喜欢至极，又是浇水，又是松土，好不精心。有一天，她这样对我说：“你看，这文竹纤纤的，绿绿的，多像一位有知识、有修养的黄花少女，又苗条，又文静，着实惹人喜爱。”她眼睛定定地看着我，一改往日的开朗直率快言快语，声音少有的柔和悦耳。于是，我开始怀疑起自己来，一盆文竹，竟有如此功用，真是不可思议。

可人的生性是太顽固了，日复一日，我依旧只喜欢伏案读读写写，至于友人说的有花室雅，许是我感受能力迟钝，总也不能明察。对窗台上的文竹说不上喜欢，也说不上不喜欢，充其量不过一件可有可无的摆设。但偶尔也走过去，毫无目的地摸一摸枝叶，看着它在风里的轻轻摇曳出神。

春节过后，我出了趟远门。待回来时，文竹没了，窗台上只剩下光秃秃的花盆，而窗外的柳枝却已茸茸地泛绿了。心里不由生出一阵惶惑，怅怅然若有所失。

我问：“文竹呢？”

她说：“一个冬都好好的，开春了，它却慢慢枯黄起来，我剪掉老枝，想着会暴出新芽，谁知……”她不往下说了，神情黯淡而忧郁。

我本想怪她侍弄太勤，见她那样子，便没有再说什么。

我把花盆从窗台上端下来，找把小铲，手战战的，一点一点地刨着土，待看到根并没有死，白嫩嫩饱含着生机，竟高兴地叫出声来：

“不打紧，不打紧！有根就有芽，有芽就有枝有叶！”

妻也凑过来，现出了一丝安慰。

我赶紧下楼，在一棵大松树下弄了腐化着松针的油乎乎的土来，小心地把盆里的土换掉——我以为那土是死了的，轻轻洒些水，放在窗台最向阳的地方。

我也不知道为什么忽然这样关注起文竹的命运来。站在狭窄住室丑陋的窗台前，看看光秃秃的花盆，我觉得自己有些可笑，但又真心实意地希望，那白嫩嫩的根快点暴出芽，长成枝，在窗外来风里轻轻地摇曳！

文竹没有灵性，可人也真怪哟！

（发表于 1986 年 7 月 17 日《西安晚报》）

祈 祷

一

该冲哪个方向祈祷呢?

狂热的夏天结束的时候，你走了。

是驾着祥云走的，还是披着雾雨?是清爽的早晨，还是恬淡的黄昏?不知道，不知道……

窗外新出现的那盆袅娜的文竹，用它纤细、柔弱而又富于韧性的忧郁告诉我，你是走了。

二

当你的倩影和声音从那丛绿树中闪出的时候，等我的浑浊的眼睛变得秋天样澄明的时候，岁月的长弓开始轻轻挥动，说是轻轻，那微颤的丝弦上却腾起了一场风暴，冷涩的冰泉也走出暗长的廊道，向新鲜的太阳漩起一圈又一圈涟漪。

丽日，鸽子群，庭院花草的幽香，极力渲染气氛，渲染温馨与祥和……

三

只是你悄无声息地走了。

走了，一捧冷泪便是终结么?

只能在冥冥夜空寻觅偶尔一闪的朦胧的光影么?

四

不知冲哪个方向祈祷，我向所有的方向祈祷。远在天边也罢，近在身旁也罢，既是灵光，总会有它悠悠的折射。

于是我向所有的方向祈祷！

（1985年10月31日）

我们是迎着太阳风走来的

我们是迎着太阳风走来的
我们是踩着月亮潮走来的
我们是沐着星星雨走来的

因为没有家，没有归宿，我们到处寻找。向黑平川，向黄高原，向缠绵的江南雨，向野旷的漠北风……

也时时问我们自己：那一束亮光之后如何了呢？

在我们走过的地方，看不见的脚印正明朗化，成为小路向所有角落伸展。我们洒下的汗滴，长成路旁的野草野花；我们驻足相依而憩的场所，欢笑和叹息凝结成青石桩，做了神秘的路碑。

终于我们站住了。

脚开始生根，穿透岩层扎向地心；手开始发芽，重重叠叠的嫩绿，落一片巨大的浓荫；身躯靠成两株连理树干，抑制不住冲动，扩大一圈又一圈年轮。而纷纷扬扬的思绪，向广袤的大地和深邃的天空，不停地飘散。

我们的热烈逐渐趋于安静，日日夜夜，沉默着应和岁月的千顷林涛。而灵魂羽化为鸟，从这里飞出去，沿着光的轨迹飞向太阳……

我们于是有了家，有了归宿，有了痛苦和欢乐的永恒。

（1986 年 3 月 28 日）